Dorthe Nors

[丹麦] 多尔特·诺尔斯——著

丁林棚——译

KANT-
SLAG

外语教学与研究出版社
北京

目　录

我们家里到处是猫和狗。那些猫耀武扬威，盛气凌人，令人难以置信。它们欺侮起狗来不分早晚。狗们受尽了凌辱，直到有一年，它们的仇恨无以复加，把邻家的一只猫赶到树上，并在树下久久徘徊，一直等猫下了树，然后吃掉了它。

你认识贾西吗？

她能听得到楼下其他人的声音。杰纳斯也在那里。他刚刚还在楼上和她道别，现在已经在门廊和她母亲说再见了。一切又安静了下来，只有她哥哥在客厅另一头冲澡的声音。一股浓烈的体味飘进她的房间，她躺在床上，用双膝夹着枕头，仍然能够感觉到鼻尖下面杰纳斯的潮湿的唾液。他只是想温柔一些，仅此而已。她打开电视，观看了一会儿地方新闻，又转到一个寻找失踪亲友的节目。

　　今天晚上的节目讲的是一个儿子无法找到父亲的故事。儿子30岁，脸颊微胖。当他说到不生父亲的气时，他几乎哭出声来。但是，他不能理解为什么父亲一直没有给他写信。当节目女主持人问他是否为此感到伤心，他只是一个劲儿地点头。

　　画面上路易斯面熟的一位金发记者正在翻阅档案，他曾在电视新闻中采访过首相，此时正奔走于各种公共机构的办公室，试图打探那个失踪父亲的消息。父亲名叫贾西·尼尔森，这是个并不常见的名字。现在，金发记者正站在哥本哈根郊外的一座红墙公寓门外，准备按下门铃，因为某个地方官员告诉他，贾西·尼尔森很可能曾经在此居住。"不知道有没有人在家。"那个记者边按门铃边说。开门的是一个老妇，她的头发又卷又短。当她在电视上出现的时候，眼睛并没有看摄像机。而当记者说他来自国家电视台的时候，她似乎也并不显得惊讶。"我们正在寻找一个叫贾西·尼尔森的人。"记者说。那个女人把门又打开了一点儿，然后说："是的，贾西曾经在这里住过。"记者点了点头。"你认识贾西吗？"他问道。"认识。"那个女人说道。

路易斯觉得，这个女人长相平平。但是她竟然和贾西·尼尔森结过婚，只是后来又分开了。从公寓的装潢来看，路易斯断定，他们两个极有可能没有共同语言。不过，记者所关心的并不是这些。他想知道的是这个女人是否知道贾西·尼尔森现在住在哪里。那女人笑了笑，眼睛直视着摄像机。她看起来很自豪："是的，我知道贾西在哪里。"她说。

路易斯知道，现在不是关掉电视机的时候，但是她还是关掉了它。她哥哥正在客厅里走来走去，除此之外，房子里一切静悄悄的。杰纳斯还没有给她发来短信，不过她觉得如果因此而受伤是说不过去的。她看着挂在镜子旁的他的照片。他的头发是棕色的，他在照相的时候不喜欢笑。还有一张是父母度假时的照片，似乎是很久以前拍的。她想起了贾西·尼尔森和杰纳斯。杰纳斯个子高挑，手指纤细修长，但是他接吻的时候总是喜欢伸舌头。他不爱用嘴唇接吻，这令她感到奇怪。用舌头接吻倒没有什么问题，但这总让她想起她和哥哥、父亲一起工作的那段时间。他们坐在一张巨大的书桌两侧，用舌头舔信封，每小时能挣五克朗。如果不算舔信封这差事，待在那里的感觉还是惬意的。她现在还记得那段时间，她从不抬眼看哥哥，而是自顾埋头瞅着自己的活儿，可哥哥却总是想看看谁舔的信封更多。因此，她常常会盯着信封上的地址看很长时间。

这些信都是寄给男人们的，信封上的地址让她想到那些"非我族类"。她能够在想象中看到他们在奇怪的屋子里走来走去，看到他们在体育馆里飞跑，在小车里等待红绿灯，或沿着街边推着自行车或摩托车前行。他们不仅仅是陌生人，还像是一张张空白的纸，等着人们往上面书写。或者说，这种想象更像你和母亲在一家肉店的橱窗前驻足，从玻璃的反光里看到身旁某个男人的镜像。站在橱窗外的这个男人眼睛正盯着猪肉香肠，考虑是否要买下它，然后他决定不买，于是转过身准备走开，但是当他快要消失在街角的时候却停下脚步，向你和你的母亲投来奇怪的目光。

她就想这样想象着。她想象着她一直尾随着这个男人走过大街小巷，来到他的公寓大门前，跟着他上了楼梯来到二楼。她跟着他走进公寓，进入厨房。那男人给她倒了杯咖啡，并把餐边柜上的照片摆正，然后走进起居室，打开电视开始看起新闻。

她就这样注视着那个男人，看着他坐在那里用拇指搓着座椅的扶手，看着他收看电视新闻，看着他吃猪肉块。再往后，她跟随着那男人走进洗手间，跟随着他来到卧室里，看着他把杂志放在床头柜上然后伸出手来关掉台灯。

他躺在散发着羽绒被气味的白色亚麻床单上，而她则想哭出声来。她想摇醒这个男人，问问他有没有车。因为如果他有车的话，她想让他带她回家。她不想待在那里了。她想回家找她的母亲，但是她无法回家，因为这个男人什么都不是，只是信封上的一个名字，而这个名字已经附在她身上很久了。当她在楼道里挨个按响房间的门铃，询问主人是否知道住在二楼的那个男人的任何情况时，他们都说不知道。他的名字也有可能是别的——奥尔森、曼德森，或者尼尔森。没人知道。

"你怎么了？你想让我叫爸爸来吗？"那天他们在父亲的办公室里舔信封时哥哥这样问她。路易斯记得她回答说她不需要胶带。

"我肚子不舒服。"她说，于是哥哥找来了父亲。

"然而这是以前的事情了。"她自言自语道。她把手指伸到裤子里去摸那片最薄的皮肤。它摸起来还是那么柔韧，她觉得应该过得去。母亲正在往洗碗机里放盘子和碟子，父亲则调大了晚间新闻的音量。她把手机调为静音，然后闭上了眼睛。没收到杰纳斯的消息。这也是一个奇怪的名字。

相残

亨利克吹了声口哨，把狗唤到身边，给它套上项圈，并把它从林子边缘往里拉了拉，以防引起别人的注意。天色已经不早了。在他和穆尔顿之间隔着一块休耕地，因此他可以继续站在那里。穆尔顿正在农场的院子里四处走动，身后跟着那只红毛母狗。那是一条体型消瘦的粗毛狗，他一直只养达克斯猎犬。这种狗体型矮小，富有攻击性，常常咀嚼绳索，啃噬车里的脚垫，亨利克不喜欢小型犬。他们一起去猎狐的时候，穆尔顿总是带上他的达克斯猎犬；而他们一起到峡湾练习射击的时候，亨利克总是带上他的小明斯特兰犬和诱饵鸟。在湿地里，有加德纳家的一块地。他们有很多次去那里，坐在拖车上，一起用塑料杯喝咖啡，潮湿的空气中弥漫着狗的气味。他们一起谈论为什么现实中的一切会如此迥异，比如亨利克养了一只大型犬，而穆尔顿则养了一只达克斯猎犬。不过，现在农场上只有穆尔顿一个人。厨窗里透出一束光线，他一定忘记关灯了。那只狗还不及他的靴筒高。他看上去好像正在修理山墙上的一扇门。眼下有好多东西需要修补，有好多东西需要慢慢领会。比如，亨利克一直认为是穆尔顿妻子的错，因为她让你觉得她最喜欢穆尔顿的一点就是他还不够好。和一个永不知足的女人结婚，这对穆尔顿来说可不容易。她总是夸夸其谈，在学校里，学生们管她叫云雀，这一定让穆尔顿很难堪。在下面的房子里，你同样可以看到这一点。房子的窗户上装有窄木条，像瑞典的房子一样涂上了红色。正门旁摆着几件柳条家具，当你走进门的时候一眼看到的是起居室里的长桌和手缝软垫，还有墙上挂着的一些表现主义的艺术品。

每次来看穆尔顿和他妻子的时候，你总会感到有点不对劲儿。特别是蒂娜，她给人的印象有点不拘小节，她会毫不犹豫地把手伸到鸭子的肚子里拽出鸭胗。这是因为她从小生长在乡村。她知道，大多数事情从内部看是大不相同的。她一点不在乎鸭胗的臭味，只要它有用就行。她说干就干，向来都是亲自动手。但是，穆尔顿妻子又是个平日里喜欢积攒点小物件的人。所有东西都必须拥有证明和正式的名称。就连穆尔顿的狗都必须拥有正宗血统的证明和长长的名字。不过，穆尔顿喜欢蒂娜的这一点。他觉得她的金发配上她的罩衣和背包无比动人。他的几只狗在私底下都有非常复杂的名字，这一点，他也非常喜欢。不过，他把它们分别叫作玛吉、莫利和西弗，以免遭人笑话。其中一只狗的正式名字叫阿里亚德娜·菲尔 - 尼克索，名字的最后一部分来自于日德兰半岛北部的一个养狗场。穆尔顿喜欢和人谈论这只狗，讲述自己花了多少钱才把它买到手，但是阿里亚德娜·菲尔 - 尼克索却连一只狐狸都没有赶出洞来。有一次亨利克趁它在屋子后面的一块地里掏田鼠洞的时候，开枪把它打死了。

　　事情本应如此，他一边用手摸着他的大狗一边心里这样想。天快黑了，它用湿润的舌头舔着他的手掌。他看着他的狩猎伙伴在农场上走来走去，手里拿着一个像电钻一样的东西。穆尔顿的身边也带着自己的狗。一种奇妙的感觉，一切源自本能，微妙得无法言喻，随时可能转化成不可预料的表现形式。他觉得狗和主人之间这种奇妙的联系是难以描述的，就好像让尿流在空中交汇一样。这也是为什么猎人必须能做到亲手射杀自己的狗。事情本应如此——射杀你最好的伙伴，同时认识你自己的极限。十年前穆尔顿就是这样说的，当时他们坐在厨房里，他说他的狗得了癌症。

　　"趁你的狗现在还没得病，你应该有所了解，"穆尔顿说，"如果你打死这条狗，下次轮到我的时候，我会替你打死你的那条。"

他用手指了一下亨利克的第一条猎狗。这是一条可爱的大型犬，它正躺在暖气片的前面，抬头望着他。

他们两个决定保守秘密。后来他遵照承诺打死了穆尔顿患癌症的那条狗，三年后，穆尔顿又打死了他的第一条狗。他们两个算是两讫了，因为亨利克的第二条狗是独自死去的。它的死和穆尔顿的狗的死有所不同，当然这也没有什么问题。从狗的视角以及猎人的视角来看，一枪解决问题是痛快的办法。把一只动物塞进车厢里，拉着它去看兽医可不是解决之道。在狗还有一口气的时候就给它一枪，这对狗来说就是寿终正寝了。如果有一天他和蒂娜走到了头，他不会介意这样做的。这对他来说很合适。不过此时他仍然站在树林边，心中郁郁不乐，而穆尔顿则在农场上走来走去，一看就知道他的妻儿不在身边。不过这也不是什么值得大惊小怪的事。他的妻子必定要离他而去，这么多年来，这已经是众所周知的事了。所有人都认为，他站在她身旁，显得特别矮小。在加德纳家的拖车里相伴而坐，这是一件很惬意的事，尽管穆尔顿是一个多嘴的人。他们俩一直是朋友，但是这种关系缺乏一种平衡。他从未让穆尔顿失望过。在穆尔顿的第一条狗从狐狸洞里露出头来的时候，他打死了它。在装点着圣诞树的种植庄园里，他打死了第二条狗。第三条狗不知为什么遭了不少罪，穆尔顿说它被车轧了，但也有

相残

可能是其他原因。它的情况非常糟糕，亨利克不得不把它安置好之后，才开枪打死它。至于名字傻乎乎的那条狗，他是在房子后面的一块地上处理掉的。第五条狗是趁他妻子不在家的一天在后花园打死的。现在穆尔顿只剩下最后一条狗了，最后的一条达克斯犬，它现在正跟在他的后面在农场上四处跑动。黄昏里的一个人和一条狗，但不是仅有这些。亨利克必须理解眼前的情景。请看仔细了，因为情况是这样的——穆尔顿的心里一定有什么让他逃避光亮。他内心里有蒂娜所说的那种情结。他不知道那是什么。他不知道该说些什么好，他只知道那东西闻起来像下水，而且这种气味正在扩散。

特殊信徒

他是一名特殊信徒。在成为人人互助组织的总裁之前，他是一名普普通通的基督徒，也是一名外交部官员。外交部长的演说词就是由他来写的，因此他也负责把那一串串词传递到外交部长的口里。这是说谎的一种形式，开始的时候他并不觉得有什么问题，但后来他开始感到烦恼，因为他意识到自己是一个特殊的信徒。他意识到自己特殊可不是突然间的事。这样说吧，在他妻子说她要离婚之后，特殊信徒作为一个概念才不知不觉地进入他的脑子，并在那里生根。特殊信徒走进外交部，在工位上坐下来。这时，他想到了那个教，并认为进入那种模式是个不错的选择。那个教的教徒都是好人。他们的思想比大多数人都深刻。相比其他人，他们能够看到事物之间的联系。他在他自己身上看到了所有这些特质，但是这些特质还需要再加以改进，因而，他变成了一个特殊信徒。若非如此，离婚这件事就会给他带来更大的伤害。但是，他能够在痛苦中获取洞见。伤害越深，就会生发出越多的智慧，政府官员想，于是，他就不再是一名路德宗教徒了。

在他离婚并变成特殊信徒之后不久，他站在镜子前，看着被细薄的灰褐色毛发遮盖的脸庞。他的皮肤苍白，不过一个人的外表并不重要。志向要高远，特殊信徒自言自语道，然后决定为一家全国性报纸撰写文章。文章的内容是关于他的工作单位，也就是外交部的。不仅如此，他写的是从外交部长嘴里流淌出来的各种谎言。首相是个贼，外交部长是个骗子。我应该知道这个，因为我是写演讲稿的那个人，特殊信徒在报纸上这样写道，但是第二天他去上班时并不害怕。不惧强权能够培养一个人的品格。因为他是国家雇佣的政府官员，所以外交部长不能把他辞掉。但是常任副部长可以乘电梯时跟他进行严肃的交谈，副部长的确也这样做了。上来又下去，上来又下去。在外交部和特殊信徒一起乘电梯上来又下去。

文章发表了，他也和常任副部长一起乘了电梯，此后，特殊信徒的情况是这样的：他离婚了，在他的要求下，他被允许从外交部暂时离职。现在还有三件事情让他感到痛苦。外交部长让他感到痛苦；妻子想把夏洛屯的大房子卖掉，这让他感到痛苦；此外，作为一名特殊信徒和外交部前政府官员，他有能

　　　　　　　　　　　　　　　　　特殊信徒

力给世界带来永久的变化，却没有把这种能力付诸实践，这也让他感到痛苦。他有强烈的行善愿望。他想给他周围的世界带来积极的变化，这想法让他夜不能寐。他开着车在哥本哈根转来转去，急着想找点儿事做，并且已经准备好了调整自己。他驾驶着红色雪铁龙百灵歌，一面四处转悠一面密切注视着他的妻子。他驾驶着红色雪铁龙百灵歌，一面四处转悠一面密切注视着外交部长。他祝愿他们两个都过得很好，但是他又想给他们一点苦头尝尝。这是一种矛盾，不过特殊信徒爱他们两个，同时也想给他们两个一点苦头尝尝。我想给他们两个一点苦头尝尝，他大声地自言自语，而正是这个时候，他听到"苦头"这个词从他的牙缝间挤出来。他从后视镜里看着自己，他看到的是一个信徒。值得庆幸的是，我是一名信徒，他想。假如我不是信徒，天知道我会做出些什么。但他是一个特殊信徒，而信徒拥有扩张的灵魂。他夜间在哥本哈根北部的富人区开车转悠，此时他懂得，他体内的信徒力量更强大了。他的内心充满了无限善意，他能感觉到这样很好，而且他能感觉到这一切非常有意义。大千世界正在给他画坐标。大千世界总想从他身上拿走点什么东西。

如果说大千世界可以撤回操作的话，他希望他妻子不会离开他，外交部长也不会逼他辞职。一切现象的背后总是有其意义的，特殊信徒一直感觉，他就是那种能够把握所有现象背后的意义的那个人。他也一直感觉，世界需要一个强大而孤独的人来拯救。他是一名特殊信徒和前政府官员，一举两得。他是一名特殊信徒，也是一名前政府官员，还习惯说谎，一举三得。

不久，特殊信徒在全国性报纸上看到了一份广告，并把它视作来自大千世界的另一个信号。在奥胡斯的人人互助组织正在招聘总裁。啊哈，特殊信徒心想。此刻的他已经离了婚，丢掉了工作，居住在哥本哈根南港区的一所公寓里。啊哈，他心想，如果你想改变世界，在某一组织里找份工作，也算是一个良好的开端。

为什么在某一组织里找份工作是改变世界的良好开端呢？原因有两个。第一，组织兜售的是信念而不是产品。第二，兜售信念的实质就是推销理想。特殊信徒有大量的理想。不过，还不止这些。理想能够吸引年轻人以及其他理想主义者。这些年轻人和理想主义者都将接受特殊信徒的领导，完成大业。他完全可以自主决定大业的内容，只要它是关乎人和"互助"就行。这两点对他来说都很有吸引力。在南港区别人转租给他的一所公寓里，特殊信徒决定要成为人人互助组织的总裁。他还决定把所有的义工称为世界大使。特殊信徒想成为他们的老板，或者他有更高的目的——成为他们的领袖。

要想得到这份工作，他就必须说谎。不，换句话说吧——要想得到这份工作，他必须把别人要说的话放到他自己的嘴里。这样做是可行的，因为出发点是好的，而且他还积累了大量的经验。他匆忙写了一份很不错的申请信，但有些不够精确。他略掉了和他称为"妻子"的那个女人已经离婚的事实，对此他觉得没有任何问题。他把收信地址写成了夏洛屯的住处，从那里再转递给他，这一点他觉得也没有任何问题。把问题的症结从个人简历中删掉是一件轻而易举的事。当一切就绪后，他把申请信寄了出去。如果说他躺在南港区公寓的充气床垫上辗转难寐的话，那并不是因为他说了谎。他认同"目的决定手段"这句话。如果他躺在那里辗转难寐，那是因为他心里高度紧张，思前想后，担心被组织的董事会弃用。当然不会。董事会主席一打开信封，看到信纸上的外交部抬头就心悦诚服了。董事会达成了一致协议，立即给特殊信徒打电话。董事会非常喜欢他电话里的声音。董事会非常喜欢听特殊信徒说"我随时都可以开车去奥胡斯"。面试的时候，董事会非常欣赏他用玻璃杯喝水的样子；董事会非常中意他的结婚戒指和玻璃杯碰撞发出的叮当声以及它磕碰桌面的声音；董事会非常钦佩他致力解决世界各种问题的责任心；董事会非常赞许他的"让人人互助组织变得更大更强"的美好愿望。特殊信徒是一个先知。特殊信徒是一个顾家的男人。特殊信徒还曾经拥有外交护照。董事会从来没有见过像他这么优秀的人才。董事会感到目眩神迷，甚至觉得应该戴上墨镜。特殊信徒的资历令人心悦诚服。正像董事会后来所陈述的那样："像他这样的人，我们绝对不能弃而不用。"或者，正像董事会的一名女董事对《奥胡斯日报》记者所说的那样："他的外套有皮革肘垫，我们以为他是一名知识分子。"然而，她这句话是后来才说的。

现在特殊信徒成了一场运动的领袖，也就是在这个时候，在他即将搬家之前，他养了一条小狗。那是一只黑色的小拉布拉多犬，他叫它桑乔。特殊信徒对动物很仁慈，领袖的职责就是把柔性的价值观融入到工作的组织结构中去，而桑乔恰恰全身富有柔性。特殊信徒把狗放在他的百灵歌车厢里，驱车驶离了南港区。特殊信徒开着车行进在前往奥胡斯的路上，他的心里早已经想好为自己的生命和整个世界制订的计划。他的后座上有一个充气垫，还有十条干净的内裤。他已经针对这个世界制订了计划，而且拿到了在奥胡斯的一所公寓的钥匙。他现在已经成为人人互助组织的新总裁，新闻报纸对他作了报道。他正在驶向一个比他以前想象过的更广阔的未来，一个令许多女人仰慕的未来。谁知道呢，说不定将来有一天他甚至会作为"东道主"在某个发展中国家的种植庄园上亲自会见外交部长。一想到这些，他就微笑起来。只有在桑乔需要尿尿的时候，他才把车停下。他是个信徒，只有在想尿的时候才去尿。

在欧登塞西边的一个休息区，趁着狗尿尿的时候，他看了一眼自己的车，也就是那辆百灵歌。他心里盘算着，这辆车对他来说再合适不过。从车前灯到后挡板，百灵歌宽敞无比。这种车型设计独特，后门可以滑动，乘客可以带着背包、蔬菜等等很方便地进出车厢，心中充满改变世界的豪情壮志。你不能说百灵歌是一款拉风的车，特殊信徒心想。不过这样想也没错，因为百灵歌的设计初衷就是展示它的内在价值，而不是外在价值。这种车的设计思想就是为了彰显车主的务实、可靠和灵活。还有一个事实就是，百灵歌是一款安全性能很好的车，这一点可是实实在在的。驾驶室的四周配备了金属框架，可以说非常牢固，没有什么能伤害到坐在里面的人。

　　特殊信徒把狗重新放到车厢后座上，在驶离休息区的时候，他意识到，百灵歌是大千世界发出的另一个信号。他正在驾驶着安全性能最好的车。没有人会死在他驾驶的这辆车里。即便像死亡这样危险的事物也不可能从外面闯进他的百灵歌里，不过，这并不意味着车里不存在危险。特殊信徒突然想到，如果他是这个世界上的一种邪恶力量，那么他就应该害怕自己。如果我是邪恶的，我就应该憎恨我自己，特殊信徒心想。如果我是一个想在世上行善的人，我会选择什么样的车呢？特殊信徒超越了一辆瑞典牌照的沃尔沃，心里问自己。这只是一个假设的问题而已，因为特殊信徒已经选择了百灵歌。

在他超越沃尔沃的那一瞬，预兆出现了。特殊信徒看到了一个预兆，它就显现在他正在接近的里尔巴尔特大桥上方。在弗雷德里西亚的上空，或者在整个地区的上空，他看到了一个巨大的光晕。他越靠近里尔巴尔特大桥，那个光晕就越明亮。在他的百灵歌车轮滑到里尔巴尔特大桥的瞬间，大桥的灰色金属架变成了金光闪闪的比弗罗斯特彩虹桥，横跨在海峡上，一直伸向天空。这简直就是海市蜃楼，但却真真切切。特殊信徒正在另外一个天体上驾车行驶，他正在朝着天堂的方向前进。在他身下远远的地方是丹麦，人们匆匆忙忙走出屋子，来到花园里，用手指着天空中的他和他的百灵歌。他们用手指着横穿天空的红色百灵歌，仿佛它就是哈雷彗星。

　　特殊信徒感到宇宙的能量正在涌进他的身体，他任凭自己被这洪流裹挟着穿过云层。他朝着脚下的丹麦和德国北部地区挥了挥手，终于到达了金光闪闪的天门前。他能够穿过这扇天门，这一点他毫不怀疑。他就是那个被上天选定的人。天门存在的全部意义就是待他穿行而过，因此他便穿过了天门。他驾着车一直向前，直到车自己停了下来，高高地悬在日德兰半岛的上空。他把狗夹在胳膊下，打开车门走了出去，迈进天堂。他可以腾云驾雾了，他不会掉下去。他看到一个人向他走了过来，那人穿橘色大衣，胡子刮得非常干净，还戴着一副大眼镜。没有必要凑近看，就知道那人显然是神的代表。特殊信徒跪下来，心中祈求他的狗在这个神圣的时刻不会尿尿。他不敢抬头。他感觉自己像个小精灵，并想把这种感觉告诉代表，但是他不敢看着他。他觉得如果一个纯粹的善人看着另一个纯粹的善人，就会有爆炸发生。"谢谢，"他说，"谢谢你的善良和智慧。"代表把手放在他的额头上回答道："不用谢，孩子，记住，你的灵魂里必须有混沌才能产生跳动的星。"

这一情景有可能发生在日德兰的上空，也有可能发生在特殊信徒内心深处的某个地方。然而我们必须在这一情景中寻找答案，懂得为什么四个月后特殊信徒会把自己关在办公室里，身边还放着一桶汽油和一个一次性打火机。我们在这里又一次与他相逢。他坐在桌子旁，凝视着汽油桶远处的地方，却丝毫没有注意到他所处的房间。他被关到了一个金属笼子里。没有人能进得去，但是董事会主席想和特殊信徒说几句话。他被解雇了，因为滥用职权、欺骗他人、玩忽职守、杜撰财务账目、篡改捐款数额、挪用公款、与下属搞不正当男女关系、随意辞退员工等问题。其中最严重的是，特殊信徒不仅胡言乱语，而且打着人人互助组织的旗号胡作非为。他被解雇了，原因是他把组织当作可以让他随心所欲的玩偶，任他妄自尊大，为所欲为。不过，他最终被允许以一种体面的方式辞职，如果他愿意的话。他的辞职，不可谓不谨慎，也足以让他编造出一个理由来。然而，尽管他被解雇了，他却不肯离开。他不肯离开并不是因为他喜欢这份工作，而是离开并不是一个选项。历史上的大人物没有一个是可以被解雇的。大人物都有共同之处，比如他们都不能被解雇。特殊信徒把自己锁在办公室里，身边放着汽油、记录着他前妻电话的号码薄、他的狗，还有一位被绑在椅子上的董事会女成员（嘴里塞着会议记录）。他带着对美好世界的憧憬和一罐从街角的加油站买来的汽油把自己锁在了办公室里。他带着对自己的善意把自己锁了起来，而接下来发生的就是历史了。

冬日的花园

喜剧演员德尔切·帕瑟死的时候正好是夜间。他的心脏出了毛病。他瘫倒在舞台上，被抬上救护车送去医院。医院的人说他刚到医院就死了。那是1980年9月3日，我之所以记得这一天，是因为当天我的父亲和母亲告诉我他们准备离婚。他们宣布消息的时候正是晚饭时间，不过我觉得内心深处感到某种解脱。这听起来很不近人情，不过他们两个并不般配，因此当妈妈告诉我这个消息的时候，我只是放下了叉子。十点钟的时候关于德尔切·帕瑟的新闻就出来了。这两件事情，也就是他的死以及我站在门廊上看着外面石径上肆意生长的石缝苔藓，是不能够彼此分割的。

头一年半的时间，我和母亲住在一起，并且每隔两周去父亲的新房看他。我父亲从来没有真正搬进过那房子。我们去看他的时候，他就睡在起居室的躺椅上，而我们就在餐柜旁边吃鸡肉。后来，母亲找了个男朋友。他的名字叫海宁，带着两个女儿独自生活，晚上的时候，我们经常坐在起居室里玩牌。我去他家的时候，父亲总是有点忧郁，他不断告诉我这没什么。"什么？"我问他。"没什么。"他说。然后我就对母亲和海宁说，既然海宁的两个女儿和他们一起住，那么不如我搬到父亲的住所去住吧。

那是 1982 年 6 月 6 日，我们一起坐在父亲房子外的车里，母亲不断地拉扯我的衬衫袖子，告诉我应该知道还有回去的路。她和我一起走进房子，就是这么简单。然后我就得到了父亲房子里的一间屋子。他花了一番力气，把房子整理得井然有序，把家具向后推到墙根，在起居室里摆了一张茶几，上面放了一个大烟灰缸。他还买了几个书架。在他的卧室里有一张窄床，和我屋子里的那张床差不多大。我的屋子上上下下被打扫得很干净，空间十分宽裕。我不知道他从哪里搞到了一些窗帘，他把窗帘都拉上了。我能够看得出，这些窗帘还是管用的。

我和父亲住在一起的那个夏天发生了许多事，有一些好事，也有一些坏事。好事就是世界杯足球赛在西班牙举行，保罗·罗西是最佳射手，一共进了七个球；而北爱尔兰得分手诺曼·怀特塞德是进入决赛的最年轻选手，只有 17 岁零 41 天。父亲和我一起看球赛，由于外面的阳光炽热，我们拉下了所有

冬日的花园

窗帘。起居室里黑洞洞的，到处是香料味，电视机散着热气，这些都令人感到惬意。我们两个一起出去的时候——比如我们一起去超市时——父亲总是用胳膊搂住我的脖子以显示我们两个是一伙的。可是除了我们两个，谁还在意这个呢？

父亲说他能得到这个房子很幸运，他尤其满意的是那个封闭的庭院。即便是冬天这里也很温暖，因此父亲在庭院里种满了沙漠植物，并把它称为冬日花园。起居室、厨房和浴室非常宽敞，而冬日花园则温馨又舒适。到了晚上，如果电视上没有什么可看的节目，他就让我和他一起坐在花园的椅子上聊天。他还种植了一些多汁植物和大蒜，用有机肥料浇灌它们，因此它们长得非常茁壮。他有一棵梦椿树，高五英尺 [1]。将来有一天它会归我所有，因为我曾经说这是最漂亮的一棵树。有时为了逗他开心，我会说冬日花园里的土壤非常温暖，有一种野生丛林的感觉。有时我会说他的植物太高了，而他站在这些植物旁边就像人猿泰山一样。这时他就会笑一笑，称我为考拉克 [2]。在他和母亲离婚前，他没有什么嗜好。

如果不是后来发生的事儿，我肯定就一直和父亲这样住下去了。那是在那一年的 9 月中旬，我父亲工作单位的一个离婚女人发现他也离婚了。她的名字叫玛尔吉特。有一天，我看

---

[1]　英美制长度单位，1 英尺约为 0.3048 米。

[2]　译者注：泰山之子。

见她在冬日花园里走来走去，手里还端着一杯葡萄酒。我父亲当时正在给她解释多汁植物是怎样像骆驼那样在体内存储水分的，可我却看到她的眼睛盯着起居室里的墙纸。后来，一个星期天的下午，她邀请我和父亲到她家里去。那是 1982 年 9 月 30 日，也就是德尔切·帕瑟的国家健康卡到期的日子——如果还活着的话。关于那一天，我记得最清楚的一件事就是，这个叫玛尔吉特的女人有一个儿子。

他坐在躺椅上，一脸阴郁地看着我。我瞪了他一下，示意他不要这样。他在父亲没注意的时候朝父亲吐了吐舌头。这看起来或许是一件小事，但是就在这一瞬间我意识到，只有我才把父亲当做一个特别的人。正是因为我对待他的那种方式，他才不再是一个无关紧要的普通人，不再是一个能被另一个无关紧要的普通人所取代的人。如果我不喜欢他，那么他基本上就是可有可无的了；如果他是个可有可无的人，情况对我来说会更糟。在这种情况下，我就在力所能及的范围内把父亲的一切东西剪得粉碎，尽最大的努力把它们藏起来。我的意思是，我在想象中是这样做的。有些东西被塞到了起居室的桌子下，有些被藏到了玛尔吉特的室内盆栽里，有些则被塞到了她儿子那张丑陋的嘴里。这样一来，那家伙就不得不把它们一一找到，哪儿还有什么工夫吐舌头。

我不知道那一天我父亲和这个叫玛尔吉特的女人之间发

生了什么，但是我再也没有见到她，我们离开那里的时候，我也没有时间把以前藏起来的碎片粘起来。我记得我坐在副驾驶的位置上，心里很不情愿去看父亲。不过，我还是看了他一眼，这是真的。他只是一个开车的人而已，因此我在他没有看我的时候朝他吐了吐舌头。

大西红柿

班恩一家工作繁忙，从来不自己买菜。电冰箱里的一切都是网购的。每个星期天晚上他们都会在网上下单，而每个星期一都会有一大箱食物被放在他们家门口。某个星期一，门口的箱子里放了一个大西红柿，重约四磅 [1]，但班恩一家认为他们并没有下这一单。首先他们不可能吃一个那样大的西红柿。其次，他们网购都是按盎司 [2] 付款的。"太贵了。"班恩先生说，因此班恩太太给菜店电商打电话进行投诉。那天晚上 7 点钟，当我在客用洗手间的时候，门铃响了。和往常一样，班恩先生和太太不在家，因此我需要去看看是谁在按门铃。一个身材矮小的男人站在那里，浑身是汗，说他是来收西红柿的。我把西

[1]　英美制重量单位，1 磅等于 16 盎司，约合 0.4535 千克。

[2]　英美制重量单位，1 盎司等 1/16 磅，约合 28.35 克。

红柿从电冰箱里拿出来给了他。

　　他依旧站在门垫上不动，我问他还有没有别的事。他说他的工作没有报酬，只能靠顾客给的小费过活。我向他解释说班恩夫妇不在家。他说他取货的时候骑的是一辆没有车闸的自行车。他给我看了看他的鞋底并擦了擦额头的汗。

　　班恩夫妇是好人。班恩太太在第二大街的丹麦领事馆工作，她的工作职责是负责组织国内的贸易代表团。而班恩先生，或称拉尔斯（他喜欢别人这么叫他），是一个唱片商。我的工作是为他们在曼哈顿地区的顶层公寓做保洁。我之所以得到这份工作是因为我在他的唱片厂里负责打扫卫生。班恩太太个子高挑，面容姣好，披着一头金发。班恩先生个子更高。如果我来的时候他在家，他总是把手放低了和我击掌。门上的名牌上写着"丹麦猛犬"四个字。这是他们的几个朋友开的玩笑。我喜欢班恩夫妇，但是当班恩夫妇不在家的时候，我总是担心他们会突然出现在走廊里。

　　这就是为什么我不太情愿把这个人请进来的原因。可是他现在大汗淋漓，而班恩夫妇家里有空调。我告诉他我名叫拉阔尔，并让他脱掉鞋子。他的名字是加布列尔。他说城市的其他地方还有退货，需要他去取回。我说不好意思给他添麻烦了，所以我会给他一点什么以示谢意。他说如果是我自己的钱，他绝对不会收的。我们笑了笑，他小心翼翼地把西红柿放在厨房的操作台上。

"我不知道可以给你些什么。" 我说，但是他说我可以让他冲个凉，放松一下。

班恩夫妇有一间专门为客人准备的浴室，但是我的水桶和其他清洁用具都放在那里，而且班恩夫妇从来没有告诉过我该如何接待像加布列尔这样的客人。所以我向他指了指厨房的洗碗池，然后他把 T 恤衫的袖子卷到了腋窝。加布列尔洗漱的样子和我父亲在家中厨房洗漱时一模一样。墨西哥男人总是把肥皂泡一直打到肘部，并且特别留意眼睛、耳朵和鼻子。在他们清洗的时候喉咙里总是会发出呼噜声，就好像第一个墨西哥人呼哧呼哧地从格兰德河踏出时的样子。这就是加布列尔洗漱时的样子。冲洗完之后他把脸半转向我。我连忙回到客用浴室里去给他拿毛巾。地板上有一堆脏毛巾。鲁姆图里洗衣店的那些干净毛巾还整整齐齐地叠放在架子上。我从中间抽了一条，回到厨房，看见他站在那里，浑身滴着水。

"我可以给你做个三明治。" 我一边把毛巾递给他一边说。

"我不想麻烦你。"他说。

我指着西红柿说："Es un jitomate muy grande, pero no puede

bajar las escaleras por si mismo."[1]

　　在他吃三明治的时候，我把客用浴室清扫了一遍。擦洗完碗碟之后，我把脏毛巾和班恩夫妇的亚麻布床单放到了鲁姆图里的洗衣袋里去。在厨房里，加布列尔穿着他的男士长筒袜站在那里看着展示板。

　　"他们长得都很高，对不对？"

　　他用手比划了一下。他觉得，如果班恩夫妇在家，站在他身边就会这么高。

　　他正在观看班恩夫妇的几张婚礼上的照片。展示板上有好几张这样的照片。我告诉他住在这里的人都来自丹麦。他看着班恩夫妇和许多人在一个白色小教堂外面合影的照片。所有人看上去都是高个子，尽管他们没有班恩夫妇那样高。还有一张是他们穿着婚礼服拍的，他们站在一座城堡前的豪华马车旁，远处是优美的绿色景观。班恩太太把头发扎了起来，这样显得个子更高了。还有一张照片里，班恩先生用肩膀扛着她。她高高在上，照片里连头都没有拍下来。

　　加布列尔又重复了一遍他的话，说他们长得很高。我告诉他班恩夫妇是好人，这是真的。然后，加布列尔指着马车说，像他们这样的人，过着照片里那样的生活，居然还来美国，这

───────────

[1]　西班牙语，意思为"这个西红柿太大了，它没法自己下楼"。

很奇怪。我说一般人会觉得这难以理解，但是，如果生活能够更加幸福，即便像班恩夫妇这样的人也会到国外居住。

我指着那个蓝色的洗衣袋，告诉加布列尔不要忘记西红柿。我的活儿已经干完了。我们一言不发地一起下楼。已经是傍晚了，外面很暖和。他的自行车还在停放处，车上有一个大箱子。他有箱子的钥匙。他把西红柿挨着其他蔬菜放进箱子里，不过我没有注意到是些什么蔬菜。然后他弯下腰用手转动脚蹬，挠了挠头。最后，他直起身子，从我手中接过洗衣袋放到了箱子的上面。

"我和你一块儿走吧。"他说。

他在我身旁推着车子一起往白雪街走。鲁姆图里，也就是那家阿尔巴尼亚洗衣店从来不关门。一边走，加布列尔一边告诉我，他弟弟在布鲁克林的一个犹太社区卖无盐面包和假日鲜花。我告诉他那儿离我住的地方不远。他说他的自行车是借来的，他的雇主许诺将来会让他干小车司机的活儿。我告诉他我和表弟住在一起，他也没有结婚，然后我指了指街对面的洗衣店。

"把西红柿从箱子里拿出来，跟我进去吧，"我告诉他，"鲁姆图里一辈子从来没有见过这么大的西红柿。"

鲁姆图里正在给衣服缝边。我们走进去的时候，他抬起头看着我笑了笑。我把洗衣袋放在柜台上，然后让他看西红柿。

"你见过这么大的吗？"

鲁姆图里用手遮住脸，仿佛西红柿让他受了惊似的。

"从哪儿来的？"

"班恩夫妇家。衣服也是他们家的。"

"我能摸一摸吗？"

加布列尔把西红柿放到鲁姆图里伸出的手上。鲁姆图里站在那里，双手捧着西红柿，仿佛捧着一个婴儿，那样子看起来非常可笑。我们坐了一小会儿，鲁姆图里给我们讲他家乡的故事，向我们描绘那里的晨雾。不管雾有多大，总是要出门的，因为一个人需要走动，尽管他根本不知道要去哪里。鲁姆图里整天东走走，西走走，直到晚上雾气散去，不知身在何处。他扫视一眼地平线，希望发现生命的痕迹，却什么也没有看到。他回过头朝房子的方向看看，房子已经不在那里了。"直到精疲力尽，无路可走。我的家乡就是这个样子。"鲁姆图里说。他小心翼翼地把西红柿还给加布列尔，仿佛西红柿是他自己的东西一样。

我们离开洗衣店的时候不知道该往哪个方向走。我问加布列尔是否需要把西红柿送到某个地方。他说人们退回的所有蔬菜都会被送到肉食加工区的一个冷藏仓库去。他问我到哪里去，我告诉他我要回家。

"回他们的家吗？"他用手在空中指了指，问道。

　　　　　　　　　　　　　　　　大西红柿

"不，回我自己的家。"我用手指了指布鲁克林大桥说。

加布列尔认为第二天早上再把西红柿带回去也没什么问题，因此我们可以一起在大桥上走走。桥的顶层有一条人行道，下面是车行道，再往下则是轮船往来的通道。远处有自由女神像，它看起来很小，而且是绿色的。我告诉加布列尔我喜欢平锅菜饭。他告诉我他家乡的人们种植橘子。我们一起谈论我们想念的东西，尤其是温暖的沙滩。我们发现，我们俩小时候都喜欢用绳子捆住蟑螂拖着它们走。

走到桥的一半时，我让他转过身看一看我们来的地方。我们注视着曼哈顿的天际线，那天际线仿佛一直就在那里。他整理了一下我的羊毛衫。我笑了，他轻轻地拉住我的小指。

"Es tan pequeño."[1] 他捏了一把我的小指说。

于是我们的手指相互交叉。曼哈顿上空的某个地方燃起了烟花，两个光球点亮了天空，就像两张笑脸，那幸福太满太满，一个小小的画面根本无法呈现。烟花在我们的头顶绽放，也在河水和摩天大楼的上空绽放。加布列尔想和我说些什么，但是我听不到他。我扶着他的自行车把手和他一起穿过大桥。他，我，还有那个西红柿。

---

[1] 西班牙语，意思为"好小呀"。

小鸭子

父亲在大养禽场旁边开了一个养鸭场。由于他聪慧机灵，赚了不少钱。他条理清晰，能够把一切事办得妥妥帖帖，这也是他事业成功的一个因素。他喜欢这样。每当有人提及一些已经讨论过的话题时，他总是说一切都办得妥妥的了。无论是对我还是对我姐姐，也无论是对生意上的朋友还是对和他一起讨论政治的邻居，他总会说："一切都办得妥妥的了。"每当他和母亲之间有什么隔阂时，他也总会这么对母亲说，就像他的其他女人因为他不想离婚而神经错乱时他对她们说的那样。

我记得有一天其中一个女人来到我们家。当时我正坐在三角墙的窗台上，在那里我可以看清一切。一辆小车驶进来，那个女人下了车。母亲当时不在家。起初我没有听清楚父亲说了些什么。他站在台阶上，而她则站在车盖旁，高声地嚷嚷着让他收拾好自己。我太害怕了，否则我早就关上窗户了。这时他对她说："一切都已经办得妥妥的了。"我不记得她回答了什么，她只是从车后座里拿出一个不是太大的塑料袋递给了他，然后开车离去。

这是我第一次看到父亲的其他女人。事实上，这也是唯一的一次，不过母亲说他有好几个女人，都按一定的周期去了又来。几年后在他的葬礼上，我太害怕了，不敢从缝缭里向外窥视，因为我担心所有那些我不认识的女人会围着他站成一圈。我看了看棺材盖，心想，这里应该只有最亲近的家属和牧师。我不愿意想象父亲在棺材里是什么样子。我也不愿意想象他随着时间流逝会变成什么样子。液体可以渗进一切地方，而对于那些残留物来说，身体的意义是重大的。

显然，自从我透过三角墙的窗台窥视到父亲和那个女人争吵的场面以后，在很长一段时间里我非常安静。父亲能洞察出许多事情。他的感觉非常敏锐，总是在密切注视着我脸上的表情。这件事发生后不久的一个晚上，他在晚饭时看着我姐姐说，"一个有妇之夫不应该有婚外情，不该和其他女人睡觉。如果双方有情感投入，那是不可以的。如果没有情感投入，那么就没有问题。男人像所有动物一样必须满足他的基本需求。"他认为，那些和刚认识一天的男人上床的女孩不值得尊敬，那些殴打老婆的男人也不值得尊敬。父亲还提到女人不应该有粗嗓门。在他说话的时候，我姐姐一直坐在那儿盯着水杯。如果她想给人滑稽的感觉，那对她来说也没有什么好处。不过，她倒是可以含蓄点，一个女人擅长说笑也许在某种程度上可以弥补她的肥胖和丑陋。一个女人如果知道自己长得漂亮并因此能够表现得文静安恬，这可是完全不同的一件事。

他就是这样说的。然后，我姐姐喝完了水，眼睛直视着我。屋子里没有什么新东西。父亲有一些箱子，用来储藏他的东西，尽管这些储存物往往相互排斥。不过，我还记得桌子被收起来之后发生的事儿。我们坐在起居室里看电视。他用手戳了戳我的膝盖，指了指在躺椅里睡着的母亲。她的下巴垫在胸脯上，每当她的肌肉放松，下面的皮肤就会抽搐一下。父亲笑了笑说："看她坐在那里的样子，你会发现你妈妈真的就是一只动物。"

但他非常爱母亲，没有了她，他就不能活下去。"男人独身一人是没法活下去的。"他说。男人必须有老婆。我和姐姐至今还会谈到他在结婚25周年的纪念日上的表现是多么让人感动。当时他已经成功瘦下来了不少。他向母亲敬酒，并低头深情地看着她。他说如果没有她，他早就不复存在了。我们因此非常爱他。每当我想到他的时候，我总有许多回忆。那时我们没有什么特别的要求，我和姐姐想做什么就可以做什么。我记得他用其他车当引擎拖着我们的小车，我记得大雪把我们封在屋子里，而他把我们救了出来。我记得他把我高高举起抛在空中，而从来不想一想万一接不住我怎么办。对我来说，稳稳地落在他的臂膀里就意味着幸福。

　　我记得特别清楚的一件事是他用孵蛋机孵小鸭。那机器散发着鸭蛋和羽毛的温热。有的时候他会把鸭蛋举起来，凑到耳边晃一晃，想听听里面有没有生命。如果这枚蛋没有孵化，他就让我把它扔到树丛里去，再换另一枚放进去。小鸭快要孵出来的时候，蛋壳上就会出现一个小洞，这时候你就会听到小鸭子从里面不停地啄蛋壳。见证它们存活下来总是一件令人激动的事情。如果它们不能站起来走稳，父亲就会重重地把它们摔在地板上。我记得有一次他给了我一只毛茸茸的小鸭。他说我可以试一试能否让它活下去。我忽然想到一个点子，认为烤箱一定会和孵化器具有同样的效果。我拿来一个小盒子，周围包上垫布。我把小鸭放在里面，再把盒子放到烤箱里。我忘记了我是怎样设置烤箱的，但是一定没有超过 50 度。然后我关上了烤箱的门，坐在烤箱玻璃门前等着。当然，小鸭子最终死掉了。他很慈爱地对我说不要难过，像这样的小鸭子最终都是要死掉的。我们把它装在一个塑料袋里，一起埋到了机房的后面，不过，是他一个人把土坑填上了。

小鸭子

女杀手

她睡觉的时间很早，而他则待在计算机旁。他查询天气情况，看网上的小道消息，和一个自称已经退休的人玩巴加门棋。谁赢谁输都不一定，但一过午夜，那个网友就退出了。因此他会在网上随意浏览，打开很多网页。如今他心里所想的是些他自孩提时代以来就从来没想过的事情。能够预见未来的人，一旦有人死去就会停下来的钟表，两个头的小牛犊，还有杀了人的女人，这种人可不是经常出现的，可是他注意到在电视犯罪节目中，那些罪犯常常都是女人。他知道，这只是一个技术层面的事儿——一种哗众取宠。在现实世界中，杀手大多是男人。可是即使他用谷歌搜索杀手时，也总是随处看到艾琳·沃诺思[1]这个名字，她是个令人毛骨悚然的女人。

她从小就在充满暴力的环境中长大，酗酒是常有的事。13岁的时候，她怀孕了。没有人知道孩子的父亲是谁，极有可能连艾琳本人也不清楚。她宣称有好几个性伴侣，包括她的爷爷和弟弟。她生下的那个孩子被放到了领养所。艾琳自打上学起就一直做妓女，她破罐子破摔，越来越堕落，先后因醉驾、故意伤害和非法拥有枪支受到起诉。艾琳最终沦落为高速公路上的一个站街女，常常以桑德拉·凯米或苏珊这样的名字在佛罗里达的卡车停车点拉客。她的第一个"客户"是一位电工。人们在离塔莫卡州立公园不远的淡水沼泽地找到了他的车，在车旁的草丛里发现了他的空钱包，还有几个没有使用过的避孕套以及半瓶伏特加酒。几天之后人们找到了电工本人，他的胸膛中了三弹，子弹是从点22口径的手枪打出的。从那以后，她就变得疯狂起来。一定是这样的，他心想。他小的时候曾经发现过死鸟的尸体，并将它们埋了起来，后来又把它们挖了出来，现在他的感觉和那时是一样的。

艾琳·沃诺思被判了六个无期徒刑，每一起犯罪事实确立的罪行都被判了一个无期。在她服刑的最后一段时间，她宣称自己的大脑受到某种无线电波的控制，她可能会被飞船里的天

---

[1] 美国女连环杀手。

　　　　　　　　　　　　　　　　　　　女杀手

使绑架。"我想说的是，我正在岩石号飞船上航行。"这是她被注射药物之前说的最后的话，"我还会回来的，我会和耶稣在独立日回来的，我会开着巨型航天飞船，我会回来的。"

有趣的是，当年轻的你在酒吧里和艾琳邂逅，说不定你还会和她一起玩一把，假如你有机会的话。或许这是因为她真的能让你感觉豁然开朗，在你的头脑中打开一扇门。她会带领你穿过一扇扇门，爬上一段段楼梯井，走进一间间面食储藏室。她的足迹踏遍了灌木丛，一直到废旧车场。他一想到她就能嗅到土壤和铁锈的气味。他隐隐约约有一种感觉，仿佛有人在他的肋骨上穿了一个孔，透过这个小孔渗进来的全是一个人不能够触摸的东西——蝰蛇、公路上被碾死的猎物，还有雀斑。他也想到了她13岁时生下的被别人领养的孩子。那个孩子，一定就在这个世界的某个地方。在他的想象中，他已经长大了，刚刚从某个公共机构办公室获知了亲生父母的信息，现在已经在往家走。他的出生证明上会写着这样的信息：母亲艾琳·沃诺思，生父不明。这个孩子将来会在谷歌上搜索他母亲的名字，并会得到22万多条搜索结果。

偶尔，每个人都会产生让某个人死掉的愿望，但是没有人会去动手杀人。有的时候这样的想法也是符合部分阴暗的人性的。有的人常常冒冒失失地在靠近学校和幼儿园的人口稠密地区开车。有的人在一片漆黑的巷子里勒索杀人，这让杀人行为显得平常化，同非法拘禁与战场杀人颇为类似。被社会边缘化不是借口，就像，一个女子在超市打烊时把食品杂货放到一个陌生男人的购物车里，只因为她觉得那个男人和她小时候常在社区活动厅聚会上演奏班卓琴的那个人非常相似，这同样能成为借口。那个男人已经开始谢顶，肌肉松弛，胳膊细瘦，心中渴望能被某种巨大的事物主宰。这就是你所同情的那种人，就像你同情瘸腿的牛和马一样，它们不知道从工具棚里发出的微弱的金属碰撞声是子弹上膛的声音。杀戮或者被杀戮，可以随便胡思乱想，甚至很有意思。但是这样的想法对艾琳·沃诺思的亲生孩子来说可不是有趣的，谷歌上搜索出的那22万多条搜索结果也不是什么有趣的东西。

他看着自己的手，他的右手正放在鼠标上。他知道过一会儿就得关掉计算机，这时候他的感觉就会像以前翻阅《花花公子》时一样，即便杂志被藏起来，他依然能够闻到光滑的书页上的那种甜甜的唾液味。不过现在他继续点击着鼠标，开始浏览达格玛·奥夫柏的网页。这就是他现在想要的——他想消失在网页上她那间小小的屋子里。她皮肤黝黑，体态丰满，但是网页并没有聚焦于她，她就像童话故事里的仙女一样，很难把她想象成一个现实中活生生的人，尽管她就是一个现实中的人。据说她杀死了25个婴儿，现在她因为其中的8个被判处死刑了。人们称她为"天使制造者"，可是她的做事方式却让他感到迷惑。她在报纸上打了一则广告，目标读者是处境不顺的年轻女人，她许诺有偿抚养其子女并会把一切办理得妥妥帖帖。但是等钱一到手，年轻的妈妈们离开之后，在石脑油和乙醚的作用下，达格玛杀死了那些孩子。她把一个孩子放到马桶里，把其他孩子用报纸包起来，然后牵着女儿的手走出房门埋掉他们。庭审披露了一个细节，她们走路的时候包裹曾从达格玛的手中滑落。"母亲把包裹掉在地上了。"她的女儿说。拥有这样一个母亲，实在是不堪想象。

他想到了他自己的母亲。她总是发出枯燥的沙沙声，总是忙于各种活计——用砧板和面，把圆面包放到托盘里，剁猪肉，制作夹心蛋糕，还会大喊："看！看他奔跑玩耍的样子！"他每次想到她的时候她总是在房前花园里的那棵樱桃树下。

可是，在哥本哈根的一个寒冷的冬日早晨，达格玛静静地站在浓雾里，依旧穿着黑裙子，袖子鼓鼓的，靴子上系着鞋带。她腋窝下夹着一个用报纸卷着的包裹。而这个包裹就是现在正在从他肋骨上的小孔中进进出出的东西——那个包裹，被她杀死的 25 个孩子瘦小的尸体。可是她根本无法解释为什么要这样做，她说石脑油迷惑了她的思想。就像身处在一种难以描述的梦境中一样。

他知道，常人很难理解那种无法描述的景象。达格玛·奥夫柏不是正常人，不过，在他服役期间，有人告诉他说女人也可以很优秀，也可以成为高效的斗士。她们能凶残无比。"她们需要做的只是跨过一条界线。"中士说，"她们一旦跨过这条界线，杀人就不成问题。"他个人并不想知道这是一条什么样的界线，但是有个声音告诉他，达格玛和艾琳的情况一定是由于某种道德缺失造成的。她们在成长时期缺乏关怀，甚至可能患有某种精神疾病，这些都是导致她们施暴的因素。如果事实果真如此的话那么许多事情就变得容易理解了。不正常也应该是有限度的。不正常是可以被接受的，不正常甚至可以在一个人内心中打开一扇门，给每个人创造做人的空间。可是，不正常往往会让人步入歧途，做出某些可怖的事情。

他想起了不久前那个退休网友下线之后他仍然熬夜上网的晚上。他在网络上看到一篇文章提到黑猩猩可以制造矛来捕猎。一个科考队曾在西非塞内加尔观察黑猩猩在一片没有现成食物的区域里的行为模式。科考队员们注意到它们开始学习用矛捕猎。这可不得了，不过只有母黑猩猩和年轻的公黑猩猩才会这样做。"年长的公黑猩猩只是饿着肚子坐在那里"，论文里这样写道。"它们不善于产生新思想。"一位女科学家给出结论。她还说她曾亲眼看到一个母黑猩猩用矛刺死了一只猴子，当地人把这些猴子称为"灌木丛宝贝"。根据科学家的描述，那只灌木丛宝贝正躺在窝里睡觉，母黑猩猩用矛把那只猴子从洞里捅了出来，杀死并吃掉了它。那天晚上，他还在网上搜索"灌木丛宝贝"这个词，电脑屏幕上出现了大量的图片。这动物黑色的大眼睛向外鼓着，很明显是受到了惊吓，就像达格玛杀害的那25个婴儿或者像第一次看到关于杀手母亲报道的艾琳·沃诺思的亲生孩子一样。那些灌木丛宝贝看起来就像这样，它们充满恐惧，身体僵硬，可是那些年长的公黑猩猩就那样坐在一旁，等待着一个体型巨大的东西主宰它们。一片满是生灵的热带大草原，那些雄性生物手里操着班卓琴，而雌性生物腋窝长满了毛，手里还拿着矛，他想。

他关掉了计算机，打开台灯，把手放在膝盖上静静地坐着，直到硬盘不再哔哔作响。人们总会虚构出各种各样的情景来，他自言自语道。然后他小心翼翼地脱掉鞋子，以免上楼去找她时弄出声响。

逃离

艾伦搬出去已经有一年了，我们还没有孩子，尽管我们两个都有生育能力。有一次，他告诉我，我就像他小时候用草捆扎出的城堡一样。在城堡里面，他搭了一个小窝，可以在里面一边吃饼干、喝果汁，一边听着从田地里传来的收割机的轰隆声。和我待在一起就是这样的感觉，艾伦说。还有一次，他说我让他想起了他父亲的一个狗屋。他小的时候经常和德国粗毛猎犬坐在狗屋里。那里很舒适，有的时候他甚至想象，如果有一个女孩突然爬进去和他待在一起，那会是什么样的感觉。那个女孩就是我，他的话充满甜蜜。

　　艾伦在维斯塔斯上班，常常出差去外国的风力发电厂做技术顾问和维修工程师。回到家的时候，他觉得无法向我解释他的见闻以及他做了些什么。他向我描述美丽的风景，那风景比一个人能想象到的还要雄伟壮观，每当这时我就会点点头，而这会让他有点不自在。有一年圣诞节我给他买了一台数码照相机，这样他就可以在旅行的时候用电子邮件给我发照片了，我也能更好地分享他的经历了，我想。我的计算机上现在还存着艾伦在许多外国景点前拍的照片。在一张我不知道该怎样处理的照片上，艾伦站在一台风力涡轮机旁，机器放在地上还没有安装。在他的身后是一片松树林，嶙峋的岩石夹杂其间，松林一直延伸到远处，看不到尽头。这张照片是从西弗吉尼亚的多利荒原发来的，但是等他回来之后，他却只字不提这次旅行。

我不知道他进行了多长时间的思想斗争，但是，一天晚上我们吃完饭后，他说我可以留着房子，但是他要搬出去。他说没有任何问题，他只是感觉好像生活在一种真空的环境里。他拿出来两个行李箱，里面放满了衣服。他还带上了狗，说会开车把它送到他父母那里去。我开始意识到，他并非想要一小段暂别而是要永久的离开，可是我还是跟在他后面走了出去，在他把车倒出车库时向他挥了挥手。我清楚地记得我转身回屋时前门的样子。灯光照耀在墙壁上，把门把手包裹了起来，就是那样的景象。

在他搬出去的那段日子里，我无所事事。每次母亲打电话过来，我总是回答她的问题，告诉她我们正在做什么，但是我一直没有告诉她他已经离开我了。为了避免旧事重提，大部分

逃离

时间我都只是听她讲话，盯着窗外的篱笆发呆。篱笆上的草怎么都长不高，因此我沿着篱笆种了一些球茎植物以作为补偿，但是 11 月里的球茎植物不能给你增添任何乐趣。

我一直等待着他的回应，但没有收到任何回音。我坐在计算机前面的时候，时间过得飞快。在因特网上可以轻而易举搜索到有关多利荒原的信息。我可以看到那片土地是多么的辽阔、美丽和荒凉。多利荒原上有些地方人迹罕至，在那里，空间的开阔和辽远令人叹为观止。我可以想象艾伦站在那里把手搭在风力涡轮机上的样子。我没有哭。即便在我告诉父母事情真相的时候我也没有哭。我向他们解释这是最好的解决方式，我还尽力让他们能够感觉到我亲自参与了这个决策过程。

我母亲非常失望。不过，我能够这样泰然处之，这令她感到欣慰。这是真的。我的同事们也这样说，他们夸我处事有方。艾伦也非常钦佩我的表现。很快，我们就建立起了一种友好的气氛，特别是在他给我打电话的时候。我们甚至还会笑出声来，他的声音在电话的另一端听起来很轻松。大约三个月之后，他又搬家了。一天夜里，他打电话过来说他被派到土耳其去了。他要去那里的高原安装新的风力涡轮机。"好激动啊！"我说。他说是的，我盼望着这一天呢。接下来就是沉默，然后他说看到我这么泰然处之他感到非常开心和感动。

后来，我坐在厨房里，看着冰箱上的磁铁和留言板。我煮了咖啡，看着水从咖啡机里漏下去。我又来到餐台边坐下。在喝咖啡的时候，我感到身体里面有个地方出了问题，咖啡味道突然变得非常刺激。后来我又喝了汽水，喝了甘草、枫树糖浆，又喝了希腊酸奶，可是味道还是一样。我神情恍惚，心神不宁，唯一能做的就是不停地咀嚼。可是这些吃的永远不能满足我。每一次吃东西的时候，我总是往嘴里再塞些其他什么东西。我没法停下来，即便是深夜，也无济于事。我在房子里走来走去，很想吃点葡萄，可是我从来不是那种想吃什么就吃什么的人。凌晨两点钟的时候，我觉得或许吸一口新鲜空气会有所缓解。我来到后院，站在门外，望着远处。我可以看到蜿蜒穿过草地的溪流。草地上结了霜，我哭了起来。

那种感觉来自我身体下面的某个地方，某个我觉得我不曾拥有的地方。但是这是一种痛苦的感觉。为了不让这种痛苦持续下去，我想象着自己吃下了所有的草，所有的牛，所有的鸟。我想象着自己把草地、溪流、堤岸和土壤塞到我嘴里的样子。我把所有的东西都塞到了肚子里去——教堂的尖顶、用草捆扎成的城堡、谷仓，还有小溪对面的小树林以及兵营后面的军事训练区。最后剩下的只有我自己站在上面保持着平衡的草皮。这块草皮，以及那台 $NM_{72}C$ 风力涡轮机，我拒绝咽下肚。既然没法吃掉自己，我只好回家了。

第二天，也就是星期天上午，我开车来到父母家。我随身带了面包卷、油酥面团还有从母亲那里借来的整整一旅行袋的杂志。她只是看了我一眼就断定我没有睡好觉，但是她没有深究。我们一起谈论了我姐夫和他们孩子的事情。我们一起谈论了我弟媳，因为没有人能和她处得来。我们还谈论了艾伦，因为他根本就不是这个样子。他们喜欢艾伦，要是我们有孩子情况肯定就大不相同。我说他要到土耳其去工作一段时间。母亲说，她不能理解为什么他总是出差。我点了点头。父亲看到了报纸上的一则广告并示意我看一看。

16 岁的时候，我告诉母亲，我不知道长大以后会不会生孩子。生命中除了孩子以外还有其他事情。母亲应该懂，因为姨妈有一次告诉我，当年我快要出生的时候她哭了。但她有一个将不如意的事快速抛到脑后的习惯，我回家时说遇到了艾伦，她依然会很高兴。为母亲找一件合适的礼物一直是一件很难的事，而且，如果她收到一件礼物，从来不忍心把它扔掉。阁楼上塞满了旧报纸和装在垃圾袋里的破旧衣服，屋子里到处都是家具、印制粗劣的小说、纪念品、编织物，还有放在一边避冬的盆栽植物。小的时候，如果有什么危险降临，我就会躲在阁楼里。我确信在那里没有什么能够伤到我。我会把小地毯从横梁上拉下来做一个窝。我会就着密封的袋子不停地吃松软的曲奇饼，我会从闻起来有霉味的、带着螺旋盖的水瓶里喝果汁。在那里总是能够听到从楼下传来的晶体管收音机找不到频道而一遍遍试台的声音。我想象着自己光着腿跑过围场,毫不在意自己会踩到牛粪,也不在乎会碰到围栏边上的电线触电而亡,我就这样沿路跑下去,来到溪流边,一跃跳了过去。当我们坐在那里喝咖啡的时候,我依然能够有这种感觉,那就是逃离的感觉。

"男人多的是。"母亲在吃油酥面的时候冷不丁地笑了笑,对我说。

"我想是吧。"我说道。这时父亲递给我咖啡壶。

我开车回家的时候头脑一片空白,又一次想哭出声来。我努力在心里想着各种事情以转移自己的注意力,但一切都是徒劳的。我甚至想到了西弗吉尼亚的多利荒原,还想到了放在那里没有安装的风力涡轮机。这样做也无济于事,因为一想到多利荒原,我踩在油门上的脚就更用力了。多利荒原是一大片荒野,这里有大量的河水注入了密西西比河。密西西比河横穿过美国,把它一分为二。当我驱车穿过绵延的丘陵地带时,心里所想的就是这些。多利的草地辽阔无比,直到几年前还没有人住在那里。住在草地边缘的人们也总是提心吊胆的。对他们来说,这个地方险象环生,到处是野兽和深渊。这里流传着不少猎人的故事,他们深入草地打猎但再也没有人看到他们回来。回到家的时候,我坐在门外的车里。我想到了离开。我还能够做我想做的事。我不需要征得任何人允许。我可以到美国去,并在那里租一辆车，一切就是这么简单。我可以直接开车到多利荒原，把车停在荒原的外面。我可以把照相机放在发动机保护罩上。我可以穿上靴子和白色的 T 恤衫，戴上墨镜自拍。照片里的我和其他人没什么两样。

我把钥匙从点火装置上拔下来，把头靠在头枕上。我告诉自己会这样做的。我坐在那里看着后视镜，答应我自己一定会好好思考一下。

奈特·纽索姆

我对人类行为做过大量的研究。如果要让我从研究对象中选出一个来，那一定是奈特·纽索姆。我是在十年前认识他的，或者说，我是在每日去哥伦比亚大学的路上的麦当劳门口和他偶遇的。奈特·纽索姆的工作是为麦当劳的顾客开门，同时把一个塑料杯拿在手里叮叮当当地晃动。不过由于他想不出比较好的解决办法，就只好把塑料杯用胶带粘到了手腕上。在众多人中，奈特之所以能够脱颖而出，让我注意到他的特别之处，并不只是因为他总能够精神抖擞，不在乎自己没有医疗保险，也不介意前房东拿着他的租房定金逃之夭夭。这只是一部分原因。具体而言，最吸引我注意的是奈特的自我矛盾——尽管他在遗传上就倾向于表现得天真无邪，但是他却缺乏具有这种资质的条件。

向世界索取是人类天生的一种本领。因此，婴儿会抓住伸向他的任何手指，因为他想活下去，而为了活下去，他必须亲自动手实践。对于成年人来说，在遗传上具有天真无邪的性格特征，其标志就是能够抑制住向世界索取的欲望。这种欲望是我们生来就有的本能。猴子幼崽会毫不犹豫地伸手去抓母亲的毛，并把几绺毛当做把手，荡来荡去，穿行于危险的丛林之中。另一方面，我们也不应该忘记，这种本能反应是普遍的，人类或多或少也以相同的方式把手伸向上帝和一切不可知的东西。不过现在让我们回到奈特·纽索姆的话题上来吧。

奈特·纽索姆每天站在麦当劳门口，帮助顾客开关门，并努力表现得热忱好客。然而真相是，他的残疾使他力不从心，但是至少他在态度上兢兢业业。他这样做无非是为了有一天他攒到足够多的钱，能够径直走进去，买一份欢乐套餐。我观察奈特·纽索姆已经有一段时间了，这天早上，我决定问一问他是否有兴趣参与我在哥伦比亚大学哲学系主持的生存表现行为研究的项目。在大学里，人们都叫我杰克·索亚教授。奈特表示了同意，随后我们约定那天晚上在一个酒吧里喝啤酒。奈特准时出现了。

他告诉我，他母亲在怀他的时候就是个酒鬼，她还在怀孕期间服用安非他命。这两种东西的混合导致他像滑溜溜的肥皂似的降临到这个世界上，在这里，没有一样东西他能用手攥

　　　　　　　　　　　　奈特·纽索姆

住。在他本来应该长出手指的地方只生出一截截小肉柱，因此奈特只能靠吸管喝啤酒。在喝啤酒的时候我注意观察他的双手——他每只手上都长了一根矮敦敦的拇指，活脱脱像一个袋鼠宝宝，身子小小的，浑身裹着黏液，缓缓地从袋鼠妈妈的产道里滑出来——而且正由于这种先天的基因，它的动作显得天真无邪——并顺着妈妈的毛往上爬，钻进妈妈的腹袋里，然后用它的整个身体紧紧攥住妈妈的乳头，而它身体的绝大部分只是一张嘴而已。它在妈妈身体上的这段旅途又像一个刚刚孵出的小海龟一样，它逃过枪林弹雨般俯冲攻击的海鸥，从沙滩上温暖的洞穴里东扭西歪地爬出来，一直爬向那张开双臂迎接它的无垠的海洋，而它的整个旅途也像袋鼠宝宝一样是那么天真无邪。

在奈特·纽索姆的整个成长过程中，他一直没有学会战略思维，不过他敢于行动，和他妈妈的姐姐保持着密切的关系，而且姨妈很快就取代了母亲的位置。姨妈是不可摧毁的，奈特告诉我。他的话让我琢磨了一会儿。像奈特·纽索姆这样的人似乎拥有他们自己的引力中心，他们能够以一种开放的姿态来看待世界，而不在乎世界给予他们的是什么。这并不是说，当一个人伸出双手准备拥抱世界的时候不小心烧掉了自己的手指，此时的那种天真无邪就不能在心灵的监狱里临时驻留。在内心里，他们只不过是蹒跚学步的婴儿而已。他们看着自己身体被烧伤或擦伤的部位，看着他们一贫如洗的银行账号和破碎的梦想，好像这一切是给他们带来死亡的永久源泉，并让他们意识到，恶在现实中是存在的。

我想用奈特·纽索姆生命中一个关键的事例强调一下这种对世界的好奇心和对他人的天然信任。有一天，在纽约公共图书馆门前，一个身穿廉价制服的男子向奈特和他的朋友打招呼。这是一个白人——这无关紧要——但是在他的夹克服衣领上别着一个表示身份的徽章，上面印着一个黑人。徽章上写着的这个人的名字是查理，可是他却一本正经地说他的名字是凯文。查理——或者凯文——和奈特·纽索姆的朋友交谈了几句，却没有理睬有视觉障碍的奈特本人。这个人凑近奈特的朋友开始攀谈，他能看出奈特的朋友一定用哑铃锻炼了，然后这个人从制服口袋里掏出一份调查问卷和一支圆珠笔。

站在一旁的奈特看着这个有两个名字的人向他的朋友讲述他是哈莱姆区一所大学的学生。他说他正在为一个吸毒人员康复项目募捐。他想知道奈特的朋友是否愿意捐款，以及他去哪个健身馆锻炼。奈特·纽索姆的朋友不是同性恋，可是当那个人说他本人是同性恋，而且他喜欢像奈特朋友这样的体格时，奈特的朋友还是颇为高兴。

此时此刻有两件事值得注意。第一件是奈特的朋友被这种甜言蜜语所俘获。那个心有所图的家伙——他本来就是这种人——开始恭维奈特的朋友，让他自我膨胀，而这在奈特·纽索姆看来是取悦他朋友时最易下手的点。奈特的朋友之所以上钩就是由于他性格中的这种缺陷，而不是因为他基因中就具备天真无邪的那种特质。奈特认为他的朋友一点都不天真。我们应该相信奈特的判断，因为对他来说说谎是很困难的。然而，曾经具有这种特质的奈特现在已经掌握了这种交流的本质。在奈特身上发生了一个变化，那就是，他身体中有一部分在想："真是个好人啊，这世界上还有人愿意帮助那些吸毒成瘾的人，这是多么美好啊……"而他的另一部分则想："这家伙是个骗子，专门从那些毫无猜忌的人身上骗钱。"奈特·纽索姆心里很矛盾。他能够看出，调查问卷只字未提帮助吸毒人员这件事。他能看出他不是黑人而是白人。一切都显得不合理，但是，尽管奈特慧眼识破了这两层机关，他却没有警告他的朋友。不仅如此，他也没有阻止他拿出十美元来捐给哈莱姆的戒毒项目。除此之外，奈特·纽索姆还侧过身子站在那个骗子身旁，让他从自己裤子的后兜里掏出十美元来。"我够不着。"奈特在那个家伙面前晃动着他那根短小的拇指和矮墩墩的肉柱说道。那家伙很乐意地帮助他解决了问题。

　　坐在酒吧里喝啤酒的时候，我问奈特·纽索姆为什么没有阻止这件事的发生，为什么心甘情愿被骗。我现在还能记得起奈特把他短小的拇指放在桌面上用吸管吸啤酒的样子。他把身子向后靠在椅背上向我解释，如果世界真的像某些人所想的那样，他恐怕就没有在早上睁开眼睛的勇气了。他还说，如果让他选择失去十美元还是失去对一个人既可以叫凯文又可以叫查理、既是白人又是黑人的这种可能性的信任的话，那么，他宁愿选择失去十美元。

在我的天真行为的遗传基因研究中，我从来没有使用奈特·纽索姆的案例。他的情况太少见。既便作为研究素材，他对我的题为《杰克·索耶的策略法则》的论文也是不合适的。我永远不会忘记他，这并不是因为此后不久，在肯尼迪机场的一场事故中有人狠狠地踢了他的头部，以至于他仅有的一些意识也不能被挽回了。我曾经思考过是否要把他加到我的附注里去，但很快，我决定不这样做。一名优秀的学者必须具备选择的能力。

理发店

我住在距离市中心不远的一个两居室公寓里。我搬过去还没有多长时间，而且我也不认识几个人。我向街角理发店的理发师打听和本市其他理发店的相比他的收费是什么水平。"实际上没几个子儿。"他说道，并让我把头向后靠一靠。

　　由于我和理发师一起抽烟和喝咖啡，因此我理完发之后可以只付半价。有的时候，住在我们楼里的那个胖女人会经过这里，在外面的街道上散步。她在公寓里养狗是被许可的，因为她的狗不会叫。我问理发师什么样的狗不会叫，他说那个胖女人给狗喂了她自己配的药。据说，她这样做只是出于安全起见。这对我来说无所谓。不管怎样，我都不在乎。每当理发师问我为什么不开心的时候，我会顾左右而言他，或者苦笑一下说我不想照镜子，然后他会说："哦，这种现象很常见。"

这个回答让他感觉，这事和男人有关，他愿意怎么想就怎么想吧。我能够看到那个胖女人正在街对面的洗衣店外面拴狗。我们经常打招呼，我觉得这是因为她曾经在洗衣店里帮助过我。我也经常看到她坐在公园的长凳上和住在周边的人一同喝啤酒。她总是在忙着什么，而现在，当理发师给我的头发喷胶的时候，她走进了洗衣店。他说我的头发分叉了，还想卖给我从美国进口的护发精油，我可不愿意买。

"要关爱你自己，仅此而已。如果连你自己都不关爱自己，谁还会关爱你呢？"理发师说。

某人，我看着窗外那个胖女人的狗心想。那只狗正十分乖巧地蹲坐在洗衣店门外。现在它已经转过头来面对着建筑的一角，好像并非在等待什么事情发生。这是只听话的狗，我常常看到它跟在女主人的身后跑动，可是我从未注意到它长什么模样。

"我好奇它是否知道自己是只傻乎乎的狗。"我对理发师说。他说它是条凯恩㹴。

"嗯，不管怎么说，就是傻乎乎的。"我说。

我们一起谈论她给狗喂了什么东西。理发师认为一定是控制饮食的药丸，我觉得是煎饼和雌性激素。我们一起笑起来，然后理发师说洗衣店涨价了。现在洗7千克以内的衣物需

　　　　　　　　　　　　理发店

要 23 克朗 [1]，超过 7 千克需要 38 克朗。他说这简直就是勒索，可是我不在乎。我告诉理发师我从来也没有要送 7 千克的衣物去洗衣店，而且我已经到了根本不需要洗衣服的阶段，除非我现在开始偷盗别人的衣物。然后我们笑了起来，而且我一点也不在乎在镜中看到自己笑的样子。镜中的我看上去仿佛没有了牙齿。

我第一次碰到那个胖女人是在洗衣店里。她告诉我怎样使用给皂器以及在哪里找到盛放软化剂的小杯子。她说她正在给别人洗衣服，而且她觉得以前没有在小区里见过我。我说我刚刚从市中心搬过来，然后她轻轻地点了点头。

当我从洗衣机里拿出衣服的时候，她还在那里。我不太会用脱水机，而她就是那种乐于助人的人。她包管了我的衣服。她用小推车推着我的衣服来到脱水机前，把我的内衣内裤一件件地放进里面。她问我住在哪一号，于是我知道她经常和住在一楼的某个人去夜间宾戈游戏室玩。当她给我讲述这些年来她赢过的赌局的时候，我心里想，70 年代 [2] 的她一定是一个年轻而活力充沛的人。她的体态或许微胖，但长得很漂亮。她年轻的时候一定穿着白色牛仔喇叭裤。她一定穿着袖口肥大的宽松短衫。她的头发一定是金黄色的，并且用金属卷发器烫过。一

---

[1]　丹麦货币，1 克朗约等于 1.035 人民币。

[2]　指上世纪 70 年代。

定有许多人围着她转，但是，她一定在某个时候做了决定，她更愿意去爱所有人而不是只爱某一个人。此后，她年龄就越来越大了。

"你只需要快速转一圈就好了。"她说，而且我并不介意她把手放到我的内裤里去。

"谢谢你帮助我。"我说。"需要帮忙就告诉我。"她说。

现在她觉得她和我已经是熟人了。如果她带着狗在外面散步遇到我，她就会招手；如果她在超市收银台旁排队时遇到我，她就会大声喊："喂，你怎么样？"

"很好！"我会对她回喊，可是我连她的名字都不知道。

有的时候她会在人行道上追上我，给我讲一些无关紧要的琐碎事。比如，有一天她拦下我，告诉我楼上新搬来一个人，这个人说话声音很大。她左手边的邻居总是把朝向院子的窗户打开，因此在她的厨房里可以听到他家所有人的谈话回音；而她右手边的邻居总是在"干那事儿"，她这样措辞。早晨，中午，晚上，他们不停地做，她一边说一边发出一种呻吟声，并且做出奇怪的表情以避免说出性交这个词。那天她一定是带着她的狗出来的。我不知道在此之前我为什么一直没有看它一眼。它的毛是棕色的，尽管尾部已经开始变灰。它戴着一个红色项圈。

"抽烟吗？"理发师问，我点了点头。

他走进后面的小厨房去取香烟和烟灰缸。他把他的东西——剪刀和头油——放在我前面的柜台上。趁他不在我身边的这一小会儿工夫，胖女人从街对面的洗衣房里走了出来。我有好几次看到她站在商店里和另一个胖女人挑选油酥面团。她向我挥挥手，我也从围肩下面伸出手向她挥了挥。我觉得理发师说的是对的，那条狗是某种梗犬。我能够看到她一边走一边和狗说话。阳光照在人行道上。肯定是安定剂，我心想。

苍鹭

我是不会喂鸟的，如果你一定要喂，那么你应该到弗里德里克伯格公园去。那里有很多人工驯养的苍鹭，公园管理部门安放了一些长椅，彼此间隔着一定的距离，这样就能避免把太多的鸟引到一个地方。公园的另一头经常有一些酒鬼，这里的问题不少，尤其是那些鸭子，不过我从来不走那条路，因为苍鹭随处可见。关于苍鹭，我们只能说它们从远处看非常漂亮，可是当你靠近它们的时候，就不会有这种感觉了。它们的身形太羸弱了，尤其是人工驯养的苍鹭，看起来好像缺乏营养。很有可能人们喂食的面包让弗里德里克伯格公园里的苍鹭经常闹胃肠疾病，这也是导致它们不愿意飞的罪魁祸首。去年冬天，我在一张长椅后背上看到一只苍鹭，它的脖子又瘦又长，懒洋洋地搭在长椅上。它的双脚是纯白色的。当我经过的时候，它甚至懒得动弹一下。它颈部的羽毛被风吹乱了，看到它这样，我很想走回去坐在它旁边。它们只能这样忍受漫长的煎熬，因而它们不会萌生任何振翅的热情。不过我不会触摸这些鸟，无论是死的还是活的，它们不应当遭到人类的亵玩，正如你必须小心翼翼地不让你细菌感染的手触碰其他人类一样。如果有一只鸟死掉了，一定不要接触它和它的粪便。你必须戴上一次性手套，拿一个塑料袋把死鸟装起来，就像捡狗屎一样。袋子必须密封，和其他日常垃圾一起处理掉或者埋掉。鉴于我们现今的科技如此发达，做到这一点又有何难呢？

　　为了避免接触大量的苍鹭，也为了避免碰到那个站在通往中国展览厅的路上给苍鹭喂食鲱鱼，并自称能和它们交流的男人，我常常绕过达姆赫斯池塘。在达姆赫斯池塘那里，无论苍鹭想说什么，都是没有意义的。况且，由于附近的房屋、行人和骑自行车的人的存在，苍鹭很难在达姆赫斯池塘筑巢。从水边的碎屑和杂物能够判断，池塘已经遭到了骑自行车的人的破坏。池塘边上除了堆放着很多自行车外，还有许多乱七八糟的东西。有人还在池塘边的一个箱子里发现了一具被肢解的女尸。她的整个身体被切成了若干小碎块，装在密封保鲜袋里。箱子是被某个遛狗的人发现的，或者说，是被他的狗发现的。在此，我必须为这只狗说几句褒奖的话。达姆赫斯池塘周围总是有很多狗。在我沿着小道散步的此时此刻，我能在脑子里非常清晰地勾勒出这只狗的样子。这是一只金毛猎犬，它正在箱子前面来回跳动，箱子被水冲到了岸边，还有一半浸在水里。金毛猎犬有一种无法解释的冲动，驱使它们在动物尸体周围四处翻滚，尤其是鸟和老鼠的尸体。可是此时的它又怎么分得清尸体是人的还是动物的呢？我能够想象出它的样子，也能够想象出它的主人发现秘密时的惊惧。我能够想象到，每次准备外出散步的时候，他都会记起箱子被打开那一刻的景象。很有可能那只狗也不再是先前的那只狗了。

有很多事情是具有传播性的，它们总是穿过缝隙渗透到各个角落。事情本来的面目就是这样。我从前同事口里得知，那个女人是在韦斯特布罗区的一所公寓里被人杀死并肢解的。我还听说，住在楼下的那个学兽医的女孩不久之后就搬出去了，尽管是她楼上的邻居犯了谋杀罪。谁能怪罪她呢？或许她在脑子里不断地回想着在楼道里遇到他的样子。她极有可能觉得整个建筑遭到了污染，甚至最细微的声音也会让她回想起那天晚上楼上传来的动静。夜深人静的时候，总是有事情发生，总是有各种各样的气味和声音——阁楼里鸽子扑扇翅膀的声音，动物爬行的声音。有的时候你还能看到弗里德里克伯格公园里的苍鹭，它们从瓦尔比的上空飞过，就像一把把灰色的剔骨刀。飞行中的苍鹭是非常笨拙的。那个站在通往中国展厅路上喋喋不休地和苍鹭说话并投喂它们的男人一定会告诉苍鹭它们是多么笨拙。

　　尽管我的公寓就在弗里德里克伯格公园大道上，但是为了避开鸟群，我宁愿绕远道去达姆赫斯池塘。至于那被肢解的尸体，我花了大半辈子时间一直绕着池塘散步，再也没有发现另一具。小的时候，我常常和朋友们绕着池塘飞奔，因为我们威格斯莱弗路小学的体育教师总是让我们这样做。现在我仍然能够看到一些孩子绕着池塘飞奔，他们看上去很像我自己和我最好的伙伴——牙医的儿子洛伦兹。每当有一个瘦骨嶙峋的高个子男孩从我身旁跑过的时候，我总能想到洛伦兹加油冲刺争第一的情景。每当我看到在池塘边飞奔玩耍的孩子，我总会停下来笑一笑。可是每当我绕湖行走一圈之后，我就再也不想停下来对任何人微笑了，当然也不会对那些板着脸推婴儿车的年轻女人微笑了。她们总是成群结队，形成一个大队伍。她们总是让彼此感到不快，所以当你经过她们的时候不会有人看你一眼。

　　我走到道旁的草丛里，心里想着那只狗、那个箱子、那具尸体、那个一夜间就变得魂不守舍的兽医专业的女学生。我还想到，要孩子是不用博士学位的。我认识许多无望的人，他们都有了孩子。要孩子的要求并不高，只需要一丁点儿性器官的刺激，至少对男性来讲是这样的。不管怎么说，生孩子这种生物行为并不是由那些推着婴儿车的女人决定的。如果说有人负责生孩子这样的生物行为，那一定是上帝。不过，人们肯定早就让上帝待在一边无所事事了。在年轻妈妈的队伍里，没有任何人相信自己不能永生，甚至在面对迎面而来的车流的时候，她们也会觉得避让是一个不合理的行为，可是对我来说，这很重要。有的时候，当那些妈妈从我身旁经过之后，我会回过头去看着她们，心中充满好奇，想知道如果她们膨胀起来会是什么样子。她们的身子一定会向外扩张，最终会变得很大，以至于无法保持身体的完整。这时候我会想象她们炸开的情景——她们血肉横飞，部分挂在树上，部分散落在岸边，鲜血溅落在天鹅和鸭子身上，溅落在草丛中挣扎的白骨顶鸡身上。草丛里有什么东西在窸窣作响，它诱使狗在岸上翻滚。我听到了簌簌的响声，我听到了婴儿车里哭闹的婴儿的声音。我在想象中看到洛伦兹在泥浆中跑动，迈着他那双苍白、瘦弱的腿，绕着池塘飞奔，而他早已经死去，他身体内部已经被那些细菌吞噬得干干净净，他的尸骨已经被火化并且被埋入地下；而此时，我继续散步，踏过那些死鸟和死去的母亲的尸体，一直来到婴儿车旁。我必须小心翼翼地保持平衡，然后我把手伸进一个被遗忘的婴儿车里，手里还攥着一块曲奇。婴儿车里的孩子抬头看着我，眼睛里充满了惊惧。我把他抱起来，高高地举到空中，这突然的动作让他的安抚奶嘴和摇铃掉落在地上。我无意伤害孩子，我只是想把他举到空中，再把他放回去，然后穿过弗里德里克伯格公园回家。

　　去年冬天的时候，那只苍鹭还在公园里。它伏在那里，羽毛随风飘动，苍白的趾紧紧扣着长椅背。它已经筋疲力尽，失去了感知恐惧的能力，眼睛呆滞地不知看着何处，身上散发着臭味，那气味来自已经在它的绒羽里筑巢的白蚁，而我本应挨着它，在它身旁坐下的。

空手劈

有人曾经给她建议，当一个男人刚开始知道女人对他感兴趣的时候，她应该仔细听他说什么。这个阶段的男人往往会透露出最重要的信息，足以让人们了解他的本质。还没有人知道为何会有这个规律，但这就是人们给她提出的建议。她本人也认识一些男人，当她和他们就某些完全不同的话题深谈的时候，他会说："你应该知道，我不是一个容易相处的男人。"

　　或者他会说："有的时候我就是一个混蛋。"

　　大多数情况下，她把这样的话理解为自嘲，如果算不上一种礼貌的话。如果她不把这话当真，那是因为她还不能理解这样的事实，即一个人可能会获得令其不安的自我认识却不想做出改变。正是由于这个缘故，再加上她笃信一切现象都有深层原因，她从来不相信那些男人的自我评价。她很难认识到，这些男人的本意是对她的警告，如果她不仔细听的话，会有严重后果；但是，当这些男人说出"并不是你不知道，或是其他什么原因，我曾经告诉过你我是什么样子的"这句话时，她往往会表示同意。

他们的确是这样说的，但是同样的问题下一次依然会出现，再下一次也依然会出现。每当一个男人发现她即将屈服于他的时候，他总会告诉她一些关于他自己的令人不安的事实。安娜丽斯总会笑笑说："哦，别说了。"

可是他们一直没有停下。

在她遇上卡尔·艾瑞克·朱尔后，她喜欢上了他。事实上她喜欢他的原因，就是他拥有一堆令人不安的特征。由于她的职业是照顾有心理问题和学习障碍的孩子，她早就习惯于和那些不愿意承认自己缺点的成人打交道，然而在这一方面，卡尔·艾瑞克的坦诚似乎还不是无可救药的。那天，他因为儿子的问题被叫到了学校和她谈话。卡斯珀尔在七年级学习。卡尔·艾瑞克一踏进她的办公室就承认他脾气不好，有点懦弱，更算不上一个好父亲。安娜丽斯轻轻把椅子推到身后，以便更清楚地看到他。他就在那里，圆圆的脸，头发稀疏卷曲。他朝着她身后的窗户望去，笑得那么甜蜜，让她的心脏开始跳动着翻跟斗。

她与卡尔·艾瑞克·朱尔的关系给她带来了伤害，她现在不太明白的是，这件事应该怪谁？她在卧室的镜子前转过身体，抬起带着瘀伤的右臂。他这样做让人无法容忍，同时，她也的确没有听他的话。那天他在她的办公室里提到的自己的缺点没有一条不在实践中得到印证。

她弓着身子，皱着眉头坐在床沿上。这一切肯定是有原因的。一个人必须先审视自己，才能发现哪里出了问题。她的教养是非常得体的。在她大约十岁的时候，她从自行车上摔下来，被送进了医院，她的父亲甚至都没来看她。他不喜欢医院的气味，因此就一直待在家里。她的性格从此就打上了烙印，她感觉自己无足轻重，从而忽略自己的需求。或许她和弟弟的关系也使得她形成这种性格。阿尔恩体育很好，不屑和她一起玩，除非她能够在踢足球的时候把球从他脚下夺走。他们的母亲也一直沉默寡言，不过这种沉默并没有什么作用。安娜丽斯一边这样想，一边把被子拉上来盖住她的肩膀。从她治疗过的学生的情况来看，没被父母打过的孩子是很少的，不过遭到家暴并不一定会导致他们变成暴徒、受虐狂或杀人犯。她的行为背后一定有一些更基本的心理特征，甚至有可能和性别相关。卡尔·艾瑞克也是如此。他总是把事情搞砸，而她却总是大事化小，小事化了。这样可没有什么好结果。

安娜丽斯一脸迷茫地低头看着她的右手，心里同时想着她和卡尔·艾瑞克刚刚开始约会的时候。他那时很喜欢她喝醉后的样子。他想带着她一起去酒吧玩乐，并鼓励她和别人调情。

"这里的人你随便挑，没有哪一个你不能上的。"他颇为自豪地环视着酒吧对她说。

偶尔他会相中一个穷酸的家伙。他甚至更喜欢稍微有点残疾的人，如果酒吧里正好有这样一个人的话。当安娜丽斯从洗手间回来的时候，他会把她抱起来，放在他相中的那个家伙旁边的长凳上，然后悄悄地说："这个家伙一定流年不利。逗逗他吧，他会开心的。"

然后她就开始和那个男人跳舞，或者允许他为她买一杯啤酒。她把这当作卡尔·艾瑞克恭维她的一种方式。现在她很明显地感觉到，这根本不是恭维，而是别的东西。在一个破败不堪的商店门前接待客人一定有上百种方法，安娜丽斯心想，把女人让给一个残疾人只是其中的一种。

不过像这样的男人，她认识很多。许多人就像动物园里的那些爬行动物一样，他们会把自己五颜六色的脸鼓得圆圆的，用细细的脚掌撑着身体，站得高高的，同时甩动着尾巴发出响声。在这个世界上，任何女人迟早都会碰到一个这样的男人，这就是这个世界的精华，但是她并不善于控制自己不去爱他们，尽管并没有明显的理由让她这样做。

她又照了照镜子，任凭被子从她的肩膀上滑下去。她看到自己的乳房和头发在身体上软软地垂着。在锁骨下面，她看到

　　　　　　　　　　　　空手劈

了一个红色的印记。或许问题的根源和性有关系，或者她只是不懂如何处理男性的性需求。打小时候起，阿尔恩就一直在床垫下面偷偷藏一些黄色杂志。当他出去踢足球的时候，她就会掀起床垫翻阅这些杂志。看着那些油光闪亮的图片，她感到一种莫名的骚动。她觉得一个女人只有非常爱一个男人才会把那东西放进她的嘴里。她还觉得，这个男人一定会非常想把那东西放到她嘴里。她觉得在后庭里搞事很怪异，还有一些解剖学上的东西她还没有完全理解。在她看来，这一切只不过是男性生殖器官的工具性威力，因为它能够被塞到任何孔隙里，它也只能被塞到孔隙里。在她老家有一个男人，他总是东游西逛，找机会把自己的家伙塞到篱笆和自行车筐的缝隙里。工具性威力，她心想。作为男性性行为的一个组成部分，技术性快感绝对不能被低估。并不是说她讨厌性，而是说她并非喜欢所有方式的性活动。她现在还能感觉到卡尔·艾瑞克在她的身体里。

现在他正裸着身子躺在被子里，只是他们再也不会同床了，再也不会了，因为她现在浑身疼痛，不知道自己哪里做错了。可是，事情的经过就是，那个周末卡尔·艾瑞克的儿子卡斯珀尔留了下来和他一起度周末。卡尔·艾瑞克过来吃晚饭时，她就感到情况有些不对。卡斯珀尔说了些安娜丽斯给他治疗的事情。后来她和卡尔·艾瑞克吃过了晚饭后，喝了一瓶葡萄酒，上床做爱，然后又喝了酒，并洗了澡。直到她准备给卡尔·艾瑞克擦背的时候，一切都还正常。就是从这个时候起，他变得很烦躁，开始埋怨她什么东西都要亲手碰一碰，不知道放下不管，埋怨她爱管闲事，凡事必问。他朝她大声喊叫，说她从来就没有满足于自己对他的了解。她记得他朝她喊的最后一句话是："比如，你告诉卡斯珀尔的那些无稽之谈！"她随即请他解释一下她说了些什么无稽之谈。这就是那天在门厅，在起居室，在厨房和在卧室里发生的一切。

她完全失去了对自己做出的选择的信心，这一点她心甘情愿地承认。她之所以一直坚持下去，是因为她害怕放弃追求幸福，丢掉平静的生活。她坐在床沿上心想，她很可能已经经历了她人生中最精彩和最糟糕的时刻。她曾经全身伏地，精神几近崩溃，裸着身子被绳子绑着，她经历了罪恶的时刻，也曾暂时失去理智。

她小心翼翼地爬回床上。卡尔·艾瑞克躺在床上，丝毫没有注意到她仍然醒着。他的手放在她的脸旁，拽着被子的一角，看上去像一只温柔的手。他的指关节上沾着一点红色的东西，不过从外表上看没什么问题，尤其是安娜丽斯不太注意的时候。那东西的形状和线条让她沉思：你想看到一切，但事实上什么都不存在。一切都应该存在但却从未产生过，而理解这个是非常重要的。这不仅和她相关，而且是她应该在学校，在孩子们身上实践的东西。她想起了小时候痴迷的填色书里的黑

　　　　　　　　　　　　　　　空手劈

色线条，那些轮廓勾勒得完美无瑕，她总是想用彩笔和毡头笔涂满所有的空白。在这种涂满所有空白的欲望的背后是人类的创造冲动，她总是想赋予生命，总是想把那一幅幅画据为己有。在某种程度上，这就好像是从别人的脑子里偷来已经成熟的想法一样。她填色的图从来不是那种栩栩如生的类型，正是因为这个原因，她填色的图从来没有一点留白。

她注意到很少有孩子会把自己填色书里的画给父母或其他成人看。或许这是因为涂色本不能很好地展示孩子的创造力，反而暴露了他们身上一些不太光彩的特点——懒惰、缺乏信心、不能深入思考事物的本质。安娜丽斯的目光再一次落到卡尔·艾瑞克身上，像他这样的一个男人是女人们提前设计好的想法的一部分。不仅如此，任何你偶尔碰到的人都只不过是一个潜在的填色图，等待着你用涂色笔把他涂满，等待着你完成分配给你的内容。她也曾经读到过一些关于年轻女孩的东西，知道她们常常过度扮演自己的角色——改变自己、控制自己、阐释自己，可是你不能那么做，最终你还是拿起最饱满的毡头笔把所有的东西都涂进去。或许这就是为什么他打了她？或许她身上的瘀伤只不过是在线条外面涂色的一种反馈而已？他让她趴在床上，不管她抽抽泣泣，也不管她双腿僵硬而沉重，只顾用力把她按在床垫上从后面搞她，或许，他这样做是为了让她更实在，以一种粗鲁的方式让她感觉到自己生命的存在。换另外一个视角来看，完事之后，当他沉沉睡去之时，她所做的一切也是在线条外面涂色，在所有留白处涂色。当一切结束之后，那血迹和床罩揉在一起，看起来了无生意，死气沉沉。

　　　　　　　　　　　　　　　　　　空手劈

母亲、外祖母和艾伦姨妈

他还记得外祖母，但是所有他出生前的故事都是母亲和艾伦姨妈告诉他的。她们总有讲不完的故事，而且自他出生以来，她们就一直想把这些故事告诉他。讲故事的时候，她们总是恳切地看着他，似乎想让他把这一切记在心里。比如，艾伦姨妈给他讲了一个战争快结束时的故事。有一次，她们正在烘焙香草饼干，邮递员来了。他走进农场院子的时候，外祖母开始跪在地板上，撅着屁股，擦油毡地板。外祖父正坐在客厅里研究莱比锡的航拍图，而他母亲则到牛棚里喂兔子去了。圣诞节马上就要到了，邮递员朝艾伦姨妈眨了眨眼，还说什么香草饼干闻起来特别香。外祖母像一条美人鱼一样坐在地板上，咯咯地笑着说她起不来了。艾伦姨妈手上拿着饼干面团，正要到客厅里去关门，因此邮递员就不得不伸手扶她起来。

但是，让艾伦姨妈心中感到不快的是邮递员走后外祖父出门去看兔子时，外祖母脸上的那种表情。她站在厨房洗碗池旁，嘴里嚼着一块艾伦姨妈做的香草饼干，一边吃着，一边说饼干没有味道。

"她怎么能那样呢？"艾伦姨妈常常这样说。他记不清多少次看见母亲点点头，然后开始发表意见。"你还记得她那样子，对吧？"她们会端详着他问。

他对外祖母的记忆十分清晰。她身材矮小，就像一个孩子一样，不过却圆圆胖胖的。她生了五个孩子，儿子们一长大就离开了家。他不记得外祖父了，在他的记忆里，外祖母就是那个住在公寓楼里一天天变老、由艾伦姨妈和母亲轮流伺候着吃晚饭的女人。有的时候，某些特定的气味会让他想起她，这些气味会弥漫在洗澡间经久不散。有的时候，厨房里的柑橘薄荷糖的香味会让他想起外祖母；有的时候，母亲和艾伦姨妈度假带回来的杯垫和塑料纪念品也会让他想起外祖母。还有她那双手，尤其是她那双手。那双手就像一个小女孩的手一样，永远在忙着什么，从不停歇。那双不断挥动着的小巧的手。很难想象，那一切——也就是母亲和艾伦姨妈说的一切——都是由那双手所为。

她们津津乐道的另一个故事是战争最后一两年关于牵牛的事。每当艾伦姨妈讲起这个故事的时候，他母亲总是兴致盎然。她会点着一根烟，坐在那里不停地点头。当时盟军向飞机临时起降坪发起了进攻，德军实施了报复行动。外祖母很担心拴在草地上的牛被炸死，因此艾伦姨妈必须去把牛牵回来。无需多言，牛受到了惊吓，四处奔逃，身后还拖着死死地拽着绳子的艾伦姨妈。飞机从马铃薯田的南端飞过，掠过树梢，径直俯冲下来。外祖母手脚并用，一路匍匐着爬到房子的山墙一侧去寻找躲避流弹的地方。

"她一路扭动着身体，用屁股指示我应该往哪个方向跑。"

艾伦姨妈就是这样给他讲故事听的。她边讲边做鬼脸，并一再强调，理解外祖母的诀窍就是要懂得她的愚笨。"她简直太蠢了。"艾伦姨妈常常这样说。而此时他母亲则咻咻地偷笑起来，艾伦姨妈看着妹妹，眼睛里闪着一丝光亮。

"她就是那个样子。母亲是个愚不可及的人。"

说到这里的时候，两个人常常沉默下来。艾伦姨妈常常会改变话题，或者起身回家。她就住在对面的楼里。他和母亲最不愿做的一件事就是睡觉之前站在卧室的窗口向她挥手。

母亲一直体弱多病，卧床不起。他和艾伦姨妈基本不会谈论外祖母及她的表现。可是后来母亲死了。葬礼过后，他和艾伦姨妈又重新开启了这个话题。这次是由他起头的。他把姨妈带到一个小餐馆，请她讲讲过去的故事。他觉得，除了这样做，也没有更好的选择。可是这一次她又提到了奶牛和空袭的事情。

"她简直太蠢了。"艾伦姨妈说。他能够看出她为何如此怅然若失，这是因为母亲再也不会坐在她的对面发表意见了。"现在只剩下我一个了。"她低声说。

在她开始哭泣的时候，他为她点了一小块蛋糕。当她咬下第一口时，他问她是否还记得她们在战争年代养的那些兔子。艾伦姨妈记得非常清楚，不过那些兔子都相继患病死了，她说。他点了点头，艾伦姨妈开始为谁掏钱买蛋糕而紧张兮兮，不过，她最终还是没能吃掉蛋糕。之后他把她送回了家。一路上，她一直攥着他的手。当她走进屋里，关上了临街的门的时候，他站在外面，凝视着那扇门。

外祖母去世的那年他25岁，因此他对她记忆犹新。在他年少的时候，母亲和艾伦姨妈常常在去电影院的时候把他托付给外祖母照管。不同时期的记忆常常会相互交叠。不过，有一件事他记得非常清楚。那一次，他带着艾伦姨妈的剩饭来到外祖母家。她准备烤饼干给他吃，而且她通常也都会这样做。可是，她说她得先上一下厕所，当她进去的时候却喊他也进来。她说她太老了，够不着。他替她擦干净了。可是在他擦的时候，从她身体里传来一阵细微的声音。他抬起头来看着她，她回视他的那种眼神让他不由把卫生纸扔到了马桶里。他说她自己也能穿上裤子。但是她不能。

　　　　　　　　　　母亲、外祖母和艾伦姨妈

"除了裙子，我什么也没穿。"她说。

他扶着她来到起居室，并让她在平时坐的那把椅子上坐好。然后他在她裸露的双腿上盖了一张毛毯。他问她家庭钟点工什么时候来。钟点工早已经到了，祖母一边伸手去拿饼干一边告诉他。

她眼睛里总是流露出那样的神情，也就是艾伦姨妈和母亲常常提起却又讳莫如深的那种眼神。他现在还记得，他在足球场徘徊了很久才回家。到家后，母亲和艾伦姨妈正在厨房里抽烟，她们问他外祖母怎么样了。他说她很好，并让他带话给她们说她爱她们。他就在桌子的另一端一直坐着。后来，他像以往那样站起来，和母亲一起向对面的艾伦姨妈挥手。艾伦姨妈也向他们挥了挥手。说什么都是没用的。母亲根本不在乎外祖母，却总是在她身后，如影随形。就这样，一周又一周过去了，一个故事讲完之后，又开始另一个故事。母亲和艾伦姨妈就这样如影随形地跟在她的身后。

母亲和艾伦姨妈经常谈起一件事，向他说明外祖母是如何不近情理。那件事发生在战争期间的某一天。母亲和艾伦姨妈那天一直忙着剪纸。这是他听到的一个最完整的故事，而且两个人讲述的内容一模一样。那一天，她们一整天都在剪纸，手指都被剪刀勒出了红印，疼痛难忍。然后，她们用线把那些非常精美的剪纸串起来，拼成一幅图案复杂的画作为活动装饰，挂在餐桌的上方。结果两个还未另立门户的哥哥却别出心裁地把它当作靶子使用。母亲和艾伦姨妈试图让外祖母阻止他们，可是她只是坐在那里吮着咖啡哧哧地笑。

"她只是哧哧地笑吗？"他问道。

"是的，她真的就是这样。"

他在心里想象着外祖母坐在那里，嘴里衔着糖块，乐呵呵地看着两个女儿哭喊着绕着桌子跑了一圈又一圈。

后来，外祖母死了。现在，他母亲也死了，而他也已经年逾不惑。葬礼后，当他把艾伦姨妈送回家时，她站在门厅里，看起来就像一只脆弱的鸟。他穿过两个建筑物之间的草地从后门楼梯回家时心想，这一切还不足以作为结束。整个公寓楼显得空荡荡的。他坐在厨房里等着咖啡煮熟的时候想起了母亲。她一直很警觉，他也记得，在临终时她周围的一切仿佛都受到了感染，她身体一直在泄露着什么信息。或许是因为她得了癌症，但是，他觉得她身上有股酸腐味，而且她总是用双手四处摸索。她的手一刻也不停，在羽绒被上摸来摸去，她的手指就像植物根茎一样。她讲给他各种各样的故事——他小的时候如何咬了她，她如何后悔没有住得再远一点儿。她给他讲关于外祖父的故事，告诉他她小时候是如何喜欢如影随形地跟在他后面，观察他怎么用麻袋密封马铃薯。在给牛喂饲料和清洗奶头的时候，外祖父常常跟它们说话。外祖父在牛棚的后面养了一些兔子。这些兔子有白色的，也有棕色的，在战争期间长得非常壮实。

她不想让他走。他不得不待在她身边。每一次，当他想站起来伸伸腿的时候，她总是变得非常紧张。他只好在她的身旁坐下。

事情的经过是这样的。有一天，她和艾伦姨妈放学回家，而外祖母早早地就站在牛棚的入口处等着她们。她围着外祖父那件灰色的挤奶围裙，让她们必须跟她进去看一看。她们从奶牛的身旁经过，来到牛棚的后面。外祖母打开了兔子的围栏门，她说兔子都得病了。那些兔子在草地上跳来跳去，外祖母把一只棕色的赶到角落，抓起它的后颈，把它压在胸脯上，直到它的双腿不再乱蹬。

"就像这样子。"她一眼都没瞟她们说道。母亲和艾伦姨妈眼睁睁地看着外祖母用手把兔子掐断了气。

在她这样做的时候，兔子的尿喷射到了围裙上，艾伦姨妈发出了一阵长长的、微弱的叫声。母亲想扑到外祖母身上阻止她。她想用手指抓她一把，或者她想跑开，也或者她只想尖叫出来。可是她什么也没有做，因为外祖母用一种异样的眼神看着她，就好像这只是一个实验，实验的目的只是为了检验她能在她心里造成多大的混乱。混乱越严重，尖叫声越大，效果就越好。

"我只是静静地站在那里。我站在那里观察着，仿佛一切都无所谓。"艾伦姨妈转身跑开了。外祖母又把四只兔子掐断了气。完事之后，她的双手抖动着，眼睛里流露出一种狂野的神情。"她说可以回屋去洗洗了。"

母亲讲故事的时候，他一直攥着她的手。她用孩子一样的眼神望着他说，为了不让外祖母赢，她拒绝被她的邪恶行为所感染，而癌症就是从那个时刻开始的。他点了点头，因为除了这个，他还能说什么呢？然后，她就死去了，随后被放进棺材里入土为安。他收起了她的大部分遗物，但不是所有的遗物。他还留着她的几个箱子和为救世军准备的袋子。在厨房的洗碗池上还挂着一份讣告，每当他洗手的时候都会读一读。

公墓常客

那年夏天，她开始经常往公墓里走，她喜欢去看那些别人不怎么光顾的墓碑。她常常在社交活动上喝完白葡萄酒，吃完开胃薄饼，认识几个朋友过后，就骑车来到最近的公墓，找一个没人的角落待着。在维斯特里公墓最远端，经过因纽特人公墓、法罗人公墓和战争公墓，顺着那个废弃不用的小教堂一路而下，有一片安静的地方。这里远离那些死后肩并肩栖身在一起的酿酒商、出版商和首相。这里没有被修剪得整整齐齐的草丛，没有供那些专门买来的鸭子戏水的小池塘。最重要的是，这里很像日德兰内陆地区，荒无人烟，教堂的窗户上钉着胶合板，只有一排斜柳夹道穿过这里。从来没有人到过这里，因此她喜欢到这里来。同样，她也非常喜欢犹太人公墓和天主教公墓。而且，时间和地点合适的话，阿西斯滕斯公墓也是一个安静的地方。

不过，她最喜欢的是弗里德里克伯格和瓦尔比之间的这块秘境。拂晓和黄昏时分，这里最美丽。每年7月底，日头很长的时候，这块秘境就像一个荒草丛生的公园。沿着公墓的小路散步的时候，她发现了几处早已被人遗忘的画家和诗人的墓，荒芜杂乱。在公墓的北面，她发现一片长满玫瑰的角落。灌木已经盖住了石头，石缝中杂草丛生，但这些玫瑰和她母亲家里养的那些一模一样。花是粉红色的，花瓣很小，没有人会留意或采摘它们。每当她来到公墓的这个地方，她总会沿着小路静静地散步，就好像在悄悄地跳着阿拉贝斯克舞步。

她35岁，那年夏天她一直在躲避她的那些女朋友。她们频繁地给她打电话商量见面的事，而她会尽可能拒绝。她知道，她们为她的情况担忧。她也知道，她处理那些事的方式会让她们心情激动，并做出一些盲目的猜疑。有那么几次，她曾经试图给她们解释清楚，但是结果却不令人满意。有人劝她不要这样做，并暗示导致她这种状况的原因只不过是孤独和生理问题。有一个人曾经质问她，如果怎样怎样，是不是更理智、更合理，或者更明确？她们都想给她出主意，即使她根本不需要任何建议。她知道为什么去公墓，也知道为什么要吃着冰激凌顺着小路走来走去，四处转悠，指尖捏着玫瑰花瓣捻来捻去。她是在等待。在她等待的时候，她要忘掉一些事情并找到一个看待未

公墓常客

来的新视角。她慢悠悠地散着步，即便不能说是虔诚的话，至少也是满怀敬意，而且她还注意到了多年来从未引起她注意的那些微小的生命。她看到了生活在灌木丛里的野猫，她看到它们在公墓中央的池塘边喝水。她看到了喜鹊的幼鸟，看到了塌陷的坟墓和倾斜的墓碑，仿佛墓里的死人和墓碑即将被迁往别处似的。随着夏日的流逝，她看着那些植物逐渐衰败。有的时候，她会在傍晚摘几朵粉红色的玫瑰带回家，插到床头几上的花瓶里。她想得最多的就是，为什么坚信善必将来临这么艰难，而当善最终来临时一切会怎么样？

她所经历的并不是什么引人瞩目的事。她遇到了一个男人，就是这么简单。她爱上了他。她的爱让她内心有了着落，并使一切朦胧的东西自然地产生了质地。在这里，她有一种安逸的感觉，而且她知道，将来有一天她会怀念这个夏天，因为这是她人生中不再矜持的第一个夏天。她炽烈的情感得到了回报。她能够感觉到这一点，但是她也知道，还需要些时日，他们才能在一起长相厮守。他正处在哀痛中，正在悼念他失去的一切，而他的悼念是那么缠绵和持久。不过，她能够接受这一切，因为当他看着她的时候，她不再犹豫，心中充满希望，期望在他回归的时候带来一切美好的事物。

可是，她无法向她的女朋友们解释这一切。她们需要证据。她们要知道那个死去的人是谁，而且，如果他真的没有过错的话，为什么她会不停地哭泣？她们想知道她是否真的调查过他，是否真的懂得放弃战斗意味着什么。她可不能让自己的心碎了，她们说。那是很重要的，不能让自己的心碎了。可是她们自己一刻不停地从一块浮冰跳到另一块浮冰上，梦想着在洋流中漂流，失控，肆意妄为。她们总是想在填充虚空的同时让一切继续运转。她们总是尽力避免早早回到家中，避免回到一踏进门就让她们想起咖啡厅和公共汽车候车亭的狭小的公寓里。爱，浓烈的爱。这就是她们想要的，是她们可以不惜一切代价追求的。这就是她们架着她的胳膊把她从公墓里一路拖回来时谈论的话题。她们这样做，仿佛公墓就是一场风暴的中心，必须坐在家里等待风平浪静后方能外出。而现在她却找到了这个风暴中心，可是她不能告诉她们。她不能与她们分享这些想法，因此那个夏天她常常到公墓去。

　　她能够集中精力处理工作，也会友善待人。不过，工作一处理完，她就骑上车离开了。傍晚，天还早些的时候，她会穿过公墓的破旧铁门，散着步从那些死去的画家和诗人的墓地旁经过，径直走向长满粉红色玫瑰的地方。当她到达那里时，她会在墓地旁久久停留，轻轻闭上眼睛，不去留意现实中其他人会密切关注的那些东西，而是在心中想象着那个男人，那个勾着她的手指，只能在精神上与她同在的男人。他们常常在不同的情况下来这里散步，有的时候虽然默默无语，但总是相伴而行。当他们来到这里的时候，他会说他爱她。在他们还未确定关系的阶段，他们会在不同时候肩并着肩散步，一起穿过公墓，他随时会向她表白这样的心意。她可以毫不费力地描绘出那个男人的样子。他肩上扛着孩子，在墓地间小小的空地上穿行。她可以看到那个男人和孩子从野猫生活的灌木丛中一跃而出。她可以感受到他在公墓洗手间后面亲吻她的温情，可以看到孩子跌落受伤，可以听到马车轮子的吱呀声。他常常会在稍远一点儿的一个长椅上坐下来，用手拍拍身旁的空位，示意她也坐下，而她则走过来和他并肩坐下。

关于这件事，没有什么秘密可言。她爱上了某人，而她被爱意融化的内心想着的，是那已经发生或者即将发生的善。桑德雷法散维基大街和罗斯基尔德维基大街上的车流声隐隐约约从远处传来。她把墓碑上的名字记下来当作那孩子的名字，这感觉很不错，正如她让自己的思想渗入到他们未来将会栖身的土地中一样，感觉很不错。他们的尸骸将在这里风化，只剩下白色的骨头，相互纠缠在一起，而他们头顶上的世界一如既往地存在着。那样也不错，她想。那样的死是一个不错的选择，她会在他来的时候告诉他，她会在孩子长大的时候告诉他，或许某一天还会告诉她那惴惴不安的女朋友们。不过，在那天到来之前，她会保守这个秘密，常常到公墓去，在那里等待着，并不时地蹲下来看一看那些猫，看着它们伸长脖子从池塘里喝水。

瓦登海

每当我回想起范尼，记忆中的大多数情景都与瓦登海和海边村落有关，那里住着许多商船船长。春天的时候，常常会有蛎鹬从茅草屋顶上飞过。我会走到海边，来到海潮标杆处看一看，我想知道，假如 1852 年我在这里的话，那潮水会没过我的头顶多高。我那时居住在桑德荷，那是个美丽的地方，尽管人们把那个地方称为世界尽头。在那个小小的社区里，住着很多艺术家和音乐家。他们也都很富有，尽管我不认识几个。除此之外，那里还住着当地人和酒鬼。他们就像秃鼻乌鸦一样互相吸引，因此，在小镇的某些区域常常能看到这样的人群：他们口齿不清，手里提着的购物袋窸窣作响。我能记得的就是这些，还有那个患过敏性哮喘的女人。她驾着一辆轻便的轮椅摩托，在小巷子里没有铺砌的路上转来转去。人们谣传说她会占卜未来。她脸上戴着一副面罩，面罩的下面有一个导管，导管的一端连着一台给她供氧，同时还能过滤杂质的机器。她看起来就像一个降落在地球上的不明飞行物，已经探索出一条道路，正在四处活动。就像住在桑德荷的许多其他人一样，她来自哥本哈根。她搬到桑德荷来住，是因为这个地方的植被更有利于空气的净化，也是因为住在这里有利于病人的康复——瓦登海就是一个巨大无比的充满水分的肺。

我们搬到这里来，是因为桑德荷给人的亲切感觉、一尘不染的环境和健康的户外生活。我的母亲曾经是一名演员，做过不少工作，后来患上了抑郁症，因此不得不停下一切。我们早先住在诺瑞布罗区的一套两居室公寓里，只有我们一家住户。对我来说，日子过得并不容易，尤其是周末的时候。我劝母亲去医院看了一次病，医生给她开了一些药丸，但并不起作用。医生是一位女士，她穿着随风飘动的长袍，极力劝说母亲，让她相信那里是治疗抑郁症（或称生命恐惧症）最好的地方，而且人们也决定给那里取这样的称号。母亲越来越依赖药物了。她需要得到解脱，因此取消了公寓的租约。我们必须远离一切人造的虚假。哥本哈根就是一个巨大的人造品，她说。她需要找到自己，所以我就成了她的伴侣。

她在桑德荷租了房子，并希望这里洁净的空气能够帮助她摆脱生命恐惧症，戒掉药瘾。很快她的确感觉好了很多，在没有多少家具的房子里踱来踱去，教我说"原始""弗里西语""荷兰人"等词语。之后不久，她就把我送进了一所学校，而她自己则加入了地方市民协会。一切进展得很顺利。我常常在镇子的窄巷里东奔西跑，窥探那些窗台上摆着瓷狗的人家，或者藏身在花园篱笆的后面。星期天的时候，我们一起在邻居家吃奶油柠檬炖苹果糊。妈妈交了一些朋友。在当地的一家小酒馆里，她迷上了民间舞，还开始尝试在咖啡里混一些朗姆酒，因为罗德阿尔伯格是大陆人喜欢的酒。

从那以后不久，生命恐惧症就踏上了从哥本哈根开往埃斯比约的火车，乘着渡轮漂洋过海，坐上开往桑德荷的公共汽车，从渡口驱车 9 英里 [1]，最终来到世界尽头。一定有人告诉了它这里的地址，因为它径直来到我们家门口，叩响了房门。它是那种一只脚伸进门缝，用身体顶门而入并且再也不打算离开的访客。它爬上床和母亲共眠，每天和她一起到商店买东西，然后蜷缩在家里闭门不出，一待就是几个月，直到我打电话叫外祖母来。

我看得出，外祖母站在满地是药的家里，惊得目瞪口呆。她问我是如何做到不撞翻任何东西就把自行车搬出来的。我看得出，她认得生命恐惧症；我看得出，她晓得这种病会欺骗人

---

[1] 英美制长度单位，1 英里约为 1.6 公里。

们的全部生命，然后随意把他们抛弃在世界的某个角落。她几乎要哭出声来，但是她不能这样做，因为这次轮到我当受人照顾的孩子了。最终，她没有回去，而是和我们一起待了一个月。外祖母和我们待在一起的时候，常常和母亲并肩坐着，和她谈论未来，告诉她我们必须对未来充满信心。她常常送我到学校，为起居室里的椅子缝制新垫子。过了一些时日，外祖母终于让母亲开口吃饭了。她把我拉到一边的厨房里，说一切都会随着时间的推移而成为过去。

一切都会随着时间的推移而成为过去，这一点外祖母说对了，因为母亲的情况好转了。外祖母回去了。我本来可以和她一起回去，但是我不能这样做。这是因为，第一，母亲正在努力养成良好的生活习惯；第二，她总觉得瓦登海有一种治愈的力量，任何和瓦登海相关的东西都和这种力量有关联。她的这种想法使她每天早早起床，穿上胶鞋，披上大衣，去海滩上寻找海胆化石。回到家的时候，她会在它们上面打孔，做成可移动的装饰品。她编织捕梦环，嵌上蟹爪和干海藻，然后挂在我们的床头。"一切东西必须是真品。"她说，"人工的虚假会摧毁一切。"

她几乎每天都要到瓦登海边，而我几乎每天都要陪伴她到那里。我们会沿着没有铺砌的路从桑德荷来到海滩，有的时候我们会碰到那个有过敏性哮喘的女人，她的呼吸道问题在冬天尤为严重。她常常坐在一个大雨篷下，而母亲会调侃地说："金字塔帐篷来了。"

在二月份一个寒冷阴沉的日子，我们到瓦登海散步时又遇到了她，她还是以前那个样子，嘴上罩着口罩，眼睛上扣着一副橘色的大眼镜，仿佛戴了面具似的。她的轮椅上插满了各种管子和设备，这让她和周围的环境格格不入。我能够听到那些机器工作时嗞嗞作响的声音，我也能够看到，在母亲说话的时候，她的手指在操控那些开关和摇杆。母亲说她想学习怎样做拉丝，她说她发现了瓦登海洞的坐标。那个过敏性哮喘患者在一旁听着母亲讲话，而在母亲给她解释的时候，我仔细观察了那个女人的奇特装备，我曾见过这家伙在沙丘上行驶。当我抬起头来的时候，我发现那个女人正透过口罩上方的眼镜盯着我。她的眼睛大大的，占满了整个橘色的镜框。她的目光落在我的眼睛上，使我不能转过头去看别处。我说不出为什么，但是我想她知道。有的时候，你如果知道后来发生了什么，会改变你记忆中的一些事情，但是那一天，后来发生的事，就是我和母亲继续沿着路往前走。

我们一起爬过堆在海堤另一侧的草垛，沿着海滩往前走。我们踏过一团团刀蛏，一直朝西边的沙滩走去。走了一阵子之后，母亲开始顺着海潮线寻找琥珀碎片。在她寻找的时候，我把手插在裤兜里，站在那里，看着海滩远处的几个德国人。他们有的正在放风筝，有的正蹲在被潮水冲刷着的海藻中，好像刚刚从车里出来方便一下。我感觉我不属于他们的世界。

当我们沿着瓦登海走到更远一点的地方时，母亲问我是否知道瓦登海从哪里开始，到哪里结束。瓦登海总是在不断地汹涌变化，但是夏天很容易分清楚大陆和海的分界。夏天天气都很不错，可以清清楚楚地看到防波堤，但是在冬天就很难看到了。当地的孩子都知道瓦登海洞，就像瑞典的孩子都知道在森林里会迷路一样。来自日德兰半岛的孩子们都曾经听说，在黑麦田的中央有一个巨大的空洞。白天的某些时刻，瓦登海就像一块巨大无比的湿漉漉的灰色纸板，即便你用完余生的时间，也不可能在上面写满字。所有人都知道这个，可是母亲依然站在那里，用手指往纸板上写。

我告诉她我们千万不能忘记返回的路。她说，有这么一个地方，它能让你离开人工世界，进入一个充满生机的地带，而这个地方就是瓦登海洞。它就是我们要寻找的地方，而且她已经有了它的坐标——把雷柏大教堂、曼多岛和桑德荷作为三个顶点，用直线连接，得到一个三角形，就像百慕大三角区一样。在这个大空洞中的某个地方，我们身上的一切人工痕迹都将消失，只剩下我们本真的自我。

我们朝着这个地方走了很久。当我们无法再看到沙丘的时候，周围升起一团海雾。我觉得我们已经不是在按直线走路，而是已经开始转圈。母亲走在前面，我跟在她的后面。我迷失了方向，不知道哪里是内陆，哪里是大海。我寻找着风筝、降落伞，还有那些德国人，但是我什么也看不到。我顺着海鸟飞翔的方向看去，但是它们好像也并没有什么目标。我只想要几块温暖干燥的岩石，穿上我的胶鞋，或者躺在床上。过了一会儿，母亲停下脚步，背对着我站在那里一动不动。然后她用手指了指迷雾。她用手指着它，仿佛那迷雾就是心灵的原形。她说瓦登海就是一个人心里的一幅图像，她还说她很高兴我能陪伴她一起进入其间。

京权图字：**01-2019-0760**

图书在版编目 (CIP) 数据

空手劈／（丹）多尔特·诺尔斯著；丁林棚译. －－ 北京：
外语教学与研究出版社，2019.11
ISBN 978-7-5213-1384-0

Ⅰ.①空… Ⅱ.①多… ②丁… Ⅲ.①短篇小说－小说集－
丹麦－现代 Ⅳ.①I534.45

中国版本图书馆 CIP 数据核字 (2019) 第 290724 号

出 版 人　徐建忠
项目策划　张　颖
项目编辑　姜霁凇
责任编辑　郑树敏
责任校对　徐晓雨
装帧设计　COMPUS·汐和
出版发行　外语教学与研究出版社
社　　址　北京市西三环北路 19 号（100089）
网　　址　http://www.fltrp.com
印　　刷　三河市北燕印装有限公司
开　　本　787×1092　1/32
印　　张　4.5
版　　次　2020 年 1 月第 1 版 2020 年 1 月第 1 次印刷
书　　号　ISBN 978-7-5213-1384-0
定　　价　39.00 元

购书咨询：(010) 88819926　电子邮箱：club@fltrp.com
外研书店：https://waiyants.tmall.com
凡印刷、装订质量问题，请联系我社印制部
联系电话：(010) 61207896　电子邮箱：zhijian@fltrp.com
凡侵权、盗版书籍线索，请联系我社法律事务部
举报电话：(010) 88817519　电子邮箱：banquan@fltrp.com
物料号：313840001

记载人类文明
沟通世界文化
www.fltrp.com